KB197373

리카의 맛있는 실험실 4

두 사람의 약속과 사과의 비밀

차 례

등장인물

사사키 리카

초등학교 5학년.
과학을 잘한다.
소라와 베이킹을 시작했다.

히로세 소라

초등학교 5학년. 반에서 제일 잘생겼다!
장래희망인 파티시에가 되기 위해
노력 중.

히로세 유우

초등학교 5학년. 소라의
사촌. 소라와 '소중한 약
속'을 했다는데……?

가노 씨

파티세리 플뢰르(Pâtisserie
Fleur)의 직원.

소라의
할아버지

파티세리 플뢰르(Pâtisserie
Fleur)의 유일한 파티시에.

가네코 유리

초등학교 5학년.
리카와 소라의 같은 반 친구.

이시바시 슈

초등학교 5학년.
전학생. 공부가 취미.

1. 폭풍우가 불 것 같은 예감

지금 내 눈앞에서 벌어지는 일을 이해하지 못했다.

그, 그렇잖아. 소라가 엄청 귀여운 여자애랑 끌어안았단 말이야.

어어, 이게 도대체 무슨 상황이지?

나, **사사키 리카**는 과학을 좋아하는 초등학교 5학년이다. 같은 반인 **히로세 소라**와 우연한 기회에 같이 베이킹을 하기 시작했다.

소라와 나는 이번 여름 방학 숙제인 자유 연구를 대회에 냈다가 입선했다. 마찬가지로 입선한 친구가 최근 우리 반에 전학해 온 **이시바시 슈**다.

슈는 나처럼 과학을 좋아한다. 과학뿐 아니라 공부 자체를

좋아하는 남자애여서 취미가 잘 맞는 나에게 같이 연구하자고
한다.

특히 내년 자유 연구를 같이 하자고 말했다.

그러자 소라가 슈에게 "리카는 절대로 넘기지 않을 거야!"
라는 깜짝 놀랄 소리를 한 것이 조금 전이다.

그렇게 둘이 다투는 도중에 소라가 나를 가리켜 '최강 콤
비'라고 했다⋯⋯. 솔직히 그 말을 듣고 조금 실망했는데, 소
라는 원래 둔한 아이니까 어쩔 수 없다.

그런데 벚나무가 있는 갈림길에서 아주 귀여운 여자애가 소
라를 향해 달려왔다.

너무 갑작스러운 일이어서 머릿속이 혼란스럽다.

조금 전까지 내가 있던 세상은 즐거운 꿈이고, 순식간에 그
꿈에서 깬 기분이었다.

"이제 좀 떨어져. 덥거든!"

소라가 헛웃음을 지으며 여자애에게 말했다.

"아, 리카, 소개할게! 얘는 유우라고 하는데."

소개하려는 소라의 말을 가로막으며 여자애, 유우라는 아이
가 끼어들었다.

"⋯⋯리카? 얘들은 누구야? 지금까지 이런 친구가 있다고
얘기 안 했잖아?"

유우가 내키지 않다는 듯이 소라를 놓아주더니, 이유는 모르겠는데 불쾌한 표정으로 나를 봤다.

슈도 힐끔 보긴 했는데 다시 나를 쳐다보았다. 이번에는 빤히, 얼굴에 구멍이 나면 어쩌나 싶을 정도로.

어, 왜 날 이렇게 보지? 내가 뭐 불쾌하게 했나? 둘이 만나서 기뻐하는데 내가 방해했다고 생각하나? 하여간 그런 분위기였다.

나는 가슴이 조마조마해서 차렷 자세처럼 등을 펴고 "사, 사사키 리카야……." 하고 말했다.

슈도 "나는 이시바시 슈야."라고 이름을 댔다.

"리카, 너는 소라의 뭐야?"

그런데 유우가 나를 콕 집어서 물었다.

슈는 전혀 눈에 들어오지도 않는 것 같다.

그런 태도가 꼭 우리를 평가하는 것 같아서 왠지 모르게 무서웠다.

너무 나를 똑바로 바라봐서 허둥거렸다. 마치 내 마음속까지 들여다보는 것 같다.

어……? 날 왜 이렇게 무섭게 보지?

이 정도로 대놓고 적개심을 드러낸 얼굴을 본 적 없어서 나는 동요했다.

"가, 같은 반 친구⋯⋯인데."

"왜 이름으로 불러? 소라, 보통 여자애를 이름으로 부르지 않잖아? 성씨로 부르면서."

아! 그렇구나! 나를 이름으로 불렀으니까 우리 사이를 의심했구나.

그걸 깨닫고 나는 허둥거렸다.

"엥? 너는 친구를 이름으로 안 불러?"

그런데 소라가 오히려 질문하자, 유우도 "흥⋯⋯, 친구라고." 하고 일단은 이해한 것 같았다.

그나저나 유우가 말한 "소라의 뭐야?"는 내가 묻고 싶은 말이다!

유우야말로 소라의 뭔데?

속으로 생각했지만, 그런 말은 할 수 없다.

왜냐하면 그런 질문은 듣는 사람이 기분 나빠진다. 조금 전에 나는 엄청 무서웠다.

슈가 대신 물었다.

"되게 사이가 좋아 보이는데, 너야말로 히로세의 뭔데?"

오오, 역시 슈는 거침없다.

소라가 어쩔 수 없다는 듯이 웃으며 유우의 어깨를 툭툭 쳤다.

"애는 내 사촌이야. 아빠의 남동생, 그러니까 작은아버지네. 나랑 나이가 같아. 애도 초등학교 5학년이야."

"응. 그러니까 나는 소라를 아주 잘 알아."

유우가 말했다.

소라에 관해서라면 내가 제일 잘 알고 있다.

그렇게 강조하는 것 같아서 가슴이 덜컥 내려앉았다. 그때 소라가 고개를 갸웃거렸다.

"그런데 유우. 너 왜 여기 있어? 너희 집은 오사카잖아. 요

전에 전화했을 때 온다고 했었나? 아, 내일부터 3일 연휴니까?"

"아니야, 오늘 돌아갈 거야."

"어? 왜 그렇게 금방 가? 지금 막 왔잖아."

유우가 대답하는 대신 생긋 웃었다.

그러더니 애교를 부리는 것처럼 소라에게 팔짱을 꼈다.

그 모습을 보자 나는 가슴이 욱신거렸고, 억지로 짓고 있던 미소도 사라졌다.

유우는 나를 힐끔 보더니 의기양양한 표정을 지었다.

"아아, 좀 떨어져!"

"뭐 어때! 우리 전화 통화만 했고 만나는 거 오랜만이잖아!"

"아무리 그래도 덥다고. 나 체온이 높아서 더위 잘 타는 거 알잖아?"

그러면서도 소라는 유우를 뿌리치지 않았다.

진심으로 싫어하는 것 같지 않다.

언제나 있는 일이라는 느낌이다.

음, 사촌끼리 이렇게 사이가 좋을 수 있나?

나와 사촌들의 사이와 비교하면 좀 달라서 왠지 가슴이 자꾸 두근두근 뛰었다.

동시에 머릿속이 차갑게 식는 감각이 있었다.

머리에 뿅 떠오른 것은 '특별'이라는 단어였다.

유우는 **소라의 '특별'한 아이**일까.

그런 생각이 들자 내 마음이 차가워졌다.

"그래서 뭔데. 빨리 이유를 말해!"

"그게 말이지. 나, 이번에 이쪽으로 이사 올 거야! 아빠가 옆 동네에, 정확히는 역 반대쪽에 바라고 바라던 레스토랑을 열거든!"

"어? 뭐라고? 진짜야? 진짜라면 아주 기쁜 일이네!"

소라의 얼굴이 반짝 밝아졌다.

"진짜지! 이사는 다음 달인데, 오늘은 신청할 게 있어서 왔어. 아빠, 지금 할아버지 가게에서 대화 중이셔. 엄마는 오사카에 남아서 이사할 준비를 하는데, 나는 심심하니까 아빠를 쫓아왔어."

"그러니까 이사 준비 안 하고 도망친 거네? 작은어머니가 화내신다."

"뭐 어때! 내 장래랑도 관계있으니까. 또 너랑 만나고 싶었는걸!"

불꽃놀이가 펑펑 터지는 것처럼 완벽한 호흡으로 이어지는 두 사람의 대화를 들으며 내 얼굴은 점점 굳어졌다.

슈가 "리카, 얼굴이 무서운데. 괜찮아?" 하고 조용히 물었다.

　나는 정신을 차렸지만, 억지웃음을 짓는 것도 힘들었다.

　여기로 이사를 온다고? 이 아이가?

　이웃 동네…… 그렇다면 틀림없이 같은 중학교에 가게 된다.

　그러면 나는 앞으로 소라의 옆에 있으면 안 되나……? 유우에게 양보해야 하나?

　그런 생각이 들었다.

2. 우리가 사는 동네

유우는 아주 신났다.

"아, 그렇지. 아빠 일이 끝날 때까지 이 동네를 안내해 주라!"

소라의 팔을 붙잡아 당겼다.

웬만한 아이가 하면 너무 제멋대로 군다고 여길 행동인데 유우가 하니까 귀엽고 잘 어울렸다.

언제나 이런 식으로 졸랐을 걸 짐작할 수 있었다.

우아아, 세상에 이런 아이도 있구나…….

왠지 놀라웠다.

할 말을 잃고 둘을 바라보는데, 소라가 "어쩔 수 없네."라더니 이쪽을 힐끔 봤다.

아, 혹시 우리가 방해되나?

나는 집에 가는 게 낫겠지?

그렇게 생각하며 뒤로 물러나려는데, 소라가 밝게 웃었다.

"그럼 리카, 슈, 너희도 같이 가자!"

"어?"

괜찮겠어? 아무리 봐도 우리가 방해될 것 같은데?

"너희도 아직 집에 안 갔잖아. 그러니까 책가방을 둘 겸 리카 집이나 슈 집에 들르자. 안내할 곳이 많을수록 좋으니까."

소라의 말을 듣고 퍼뜩 정신을 차렸다. 그러고 보니 아직 학교 끝나고 집에 가지도 않았다.

"뭐? 에이, 됐어. 그런 건 흥미도 없고. 우리 둘이 있어야 편하잖아."

유우의 말에 나는 놀랐다. 흐, 흥미 없다고? 진짜 없더라도 보통 그런 말을 하나?

으으, 유우가 우릴 방해된다고 생각하는 걸 아주 잘 알겠다.

확실하고 단호하게 말하는 유우는 지금까지 내 주변에 없었던 타입이다. 자꾸 허둥거리게 된다.

소라는 "에이, 그러지 말고."라고 유우를 달래고 나를 보며 말했다.

"아, 맞다. 리카. 나중에 회의하자. **내년 자유 연구!**"

"어?"

내가 놀라자, 소라가 웃었다.

"벌써 까먹었어? 아까 말했잖아."

"자유 연구라니? 뭐야?"

유우가 끼어들었다.

"뭐냐면, 우리 세 사람 다 올해 여름 방학 자유 연구로 대회에 입선했거든. 그래서 내년을 위해 주제를 생각하자고 아까말하던 참이었어. 응? 괜찮지, 리카?"

으으, 소라가 이렇게 반짝이는 눈으로 보면 거절하지 못하겠다!

고개를 끄덕였지만, 소라가 내게 말을 걸 때마다 유우의 뺨이 점점 더 부루퉁하게 부푸는 것 같아서 조마조마했다.

"싫어! 재미없을 것 같아."

"너 진짜 제멋대로다. 계속 그런 식이면 영원히 친구가 안생길 거야."

소라가 조금 화를 냈다.

"**괜찮아. 앞으로는 소라가 계속 내 곁에 있을 거니까!**"

유우는 아무렇지 않게 대꾸했다.

아니, 계속 곁에?

가슴이 욱신거려서 숨이 턱 막혔는데, 유우가 나를 힐끔 봤다. 딱딱하게 굳어 버린 내 얼굴을 확인하고 기분이 좋아졌나

보다.

"자, 빨리 가자! 이렇게 만났으니까 우리가 이사할 새집도 알려 줄게!"

그렇게 유우가 소라를 질질 끌고 갔다.

나는 시무룩하게 두 사람 뒤를 쫓아갔다.

왜냐하면 소라랑 약속했으니까.

게다가 소라는 방해된다고 생각하지 않는 것 같으니까…….

슈는 어떻게 할지 돌아봤는데, 어깨를 으쓱이더니 "어차피 같은 방향이니까 어쩔 수 없지."라며 같이 걷기 시작했다.

소라는 일단 우리 초등학교로 돌아가서 거기서부터 안내를 시작했다. 학교 뒤편에 있는 도서관도 알려 주었다. 다음으로 우리 집 쪽으로 걸음을 옮겼다.

소라와 유우가 앞장서서 걸었고, 그 뒤를 나와 슈가 졸졸 쫓아갔다.

유우가 소라에게 붙어 있으니까 자연스럽게 이런 조합이 되었다.

"리카, 그냥 이대로 집에 가지 그래?"

옆을 걷던 슈가 속삭였다.

"어?"

고개를 돌리자, 슈가 불쾌한 표정으로 소라를 노려보았다.

"기분 나쁘잖아, 저거."

슈가 내 마음을 읽은 것 같아서 덜컥했다.

"벼, 별로 아니야, 괜찮은데."

얼버무리자 슈가 한숨을 쉬었다.

"나는 히로세 때문에 엄청 기분 나빠. 뭐냐고 저거. 아까 그런 소리를 했으면서 진짜 최악이야."

어라, 슈가 왜 이렇게까지 화를 낼까. 어리둥절했는데 유우가 소라에게 물었다.

"어디까지 갈 거야?"

"음, 우선은 공원. 그다음에 리카네 집이랑 슈네 집 앞을 지나서 우리가 앞으로 입학할 중학교를 보러 가자! 그다음에는 역까지 가 보면 어때? 상점가도 있으니까."

역까지는 우리 집에서 대충 10분 정도 걸린다. 또 중학교는 역과 역의 딱 중간쯤에 있다.

소라가 생각한 경로대로 걸어 공원 앞으로 갔다.

"와, 공원이다! 생각보다 넓어!"

유우가 공원 안으로 달려갔다.

쫓아가려고 했는데, 앞쪽에서 달려오던 하얀 자동차가 갑자기 멈췄다.

"소라야!"

놀라서 봤더니 자동차 창문으로 **깃페이**가 고개를 내밀었다.

운전석에는 깃페이의 아빠로 보이는 어른이 앉아 있었다.

"아, 깃페이다. 어디 가?"

"3일이나 연휴니까 할아버지 댁에 일을 도우러 가!"

"일을 도우러?"

"우리 할아버지, **사과 과수원**을 하시거든."

"어, 그랬어?"

소라와 나와 슈가 눈을 동그랗게 떴다. 전혀 몰랐다!

"지금 딱 수확할 때야. 진짜 기대돼!"

깃페이는 계속 말하고 싶은 듯했는데 뒤에서 자동차가 왔다.

"아, 차가 오네."

소라가 말했다.

"아, 큰일이다! 갈게!"

깃페이가 창문을 닫았다. 자동차가 달려가자, 공원 입구에 섰던 유우가 "왜 이리 늦어!"라고 투덜대며 이쪽으로 돌아왔다.

"자기 멋대로 달려갔으면서."

슈가 불쑥 말했다. 조금 짜증이 난 태도였다. 어쩌면 슈는 유우처럼 구는 아이를 거북해하나 보다.

유우는 슈를 전혀 신경도 안 쓰고 또 소라 옆에 나란히 섰다.

공원에 이미 다른 아이들이 와서 놀고 있었다.

"아, 리카다!"

유리와 **나나**, 그리고 **미이**가 나를 보더니 말을 걸었다.

"셋이 같이 있네……? 어디 가?"

유리와 그 친구들이 소라 옆에 선 유우를 보자 살짝 얼굴을 찌푸렸다.

유리와 나나가 어딘지 긴장한 표정으로 나를 힐끔 봤다.

이어서 소라에게 물었다.

"저기…… 소라야, 그 아이는 누구야?"

응. 나도 이해해, 그런 반응.

대체 누군가 싶지. 이렇게 귀여운 아이가 소라랑 같이 있으면.

"응? 얘는 내 사촌! 이번에 옆 동네로 이사 온다고 하니까 지금 동네를 안내하는 중이야."

소라는 모두의 흥미진진한 시선을 전혀 알아차리지 못하고 평소처럼 시원시원하게 대답했다.

공원에서 놀던 다른 반 아이들도 우르르 모였다.

"어, 무슨 일이야?"

"쟤, 소라의 사촌이래!"

"오오, 역시 귀엽네."

"이사 올 거래!"

"어, 이웃 동네면 중학교는 같은 데 가겠네?"

그러는 와중에도 유우는 소라 옆에 찰싹 달라붙어서 의기양양하게 웃고 있었다.

소라 옆에 있는 것이 당연하다는 표정이다. 우리 잘 어울리지 않느냐는 듯이 자신만만했다.

그 모습을 보니까 왠지 가슴이 답답해서 나도 모르게 고개를 숙였다.

음, 이유는 잘 모르겠는데 나, 여기 있는 거 좀 괴로워.

역시 아까 슈가 그러라고 했던 것처럼 집에 갈까?

그렇게 생각했을 때, 유리가 말했다.

"동네 안내! 재미있겠다. 우리도 같이 가도 돼?"

어?

놀라서 유리를 봤는데, 유리가 내게 고개를 끄덕였다.

우리가 같이 있으니까 괜찮아.

그렇게 말해 주는 것 같아서 무너지려던 마음이 가뿐해졌다.

"진짜? 우리도 같이 갈래!"

다른 반 아이들도 하나둘 같이 가겠다고 외쳤다.

다정한 소라가 거절할 리 없으니, 결국 열 명 가까이 무리 지어 동네를 안내하게 되었다.

공원 다음은 우리 집이다.

한 바퀴 빙 돌아서 모퉁이를 꺾으면 집이 보일 것이다.

선두에 선 사람은 여전히 소라다.

그 옆에는 유우가 눈을 반짝이며 걷고 있다.

등에 멘 가방이 이상하게 무거웠다. 다리도 무겁게 느껴졌다.

"자, 저쪽으로 가면 역. 아, 유우, 저쪽에서 왔으니까 저긴 알겠다?"

"아니야, 이 길은 지나가지 않아서 몰라. 아, 저기 치과가 있네. 엄마한테 말해 줘야지."

역시 사이가 참 좋아 보이네…… 게다가 즐거워 보인다.

두 사람의 통통 튀는 대화를 몇 걸음 뒤처져서 듣는데, 내 뒤에서 걸어오는 여자애들이 속닥속닥 속삭였다.

"있지……. 유우라는 저 아이, 소라의 여자 친구인가?"

두근!

"에이, 그래도 사촌이라고 했잖아."

그, 그러니까! 사촌이잖아!

마음속으로 나도 모르게 동의했다.

"응, 그래도 **일본은 사촌끼리 결혼할 수 있잖아?** 그럼 모르는 거지!"

그런 말을 듣고 깜짝 놀랐다.

겨, 결혼? 결혼?

너무도 먼 미래의 일이어서 정말 당황했다.

하지만, 아, 그러네.

사촌끼리 결혼할 수 있다면 당연히 사귈 수도 있다.

최소한 유우는 소라를 아주 좋아하는 것처럼 보이는데…….

소라는 어떨까?

소라를 봤다. 그때 가슴이 욱신거렸다.

아이참, 이건 대체 뭐지?

유우가 나타난 뒤로 이상하게 몸 안쪽이 욱신욱신 아픈 것 같다.

지금까지 느껴 본 적 없는 아픔이었다.

뒤에서 쫓아오는 여자애들은 여전히 수다를 떨었다.

"에이, 그런데 나, 같은 학년에 소라랑 아주 친한 여자애가 있다는 얘길 들었는데?"

어?

나도 모르게 걸음을 멈출 뻔했다.

"어? 그게 누구야? 어느 반?"

"1반."

너무 놀라서 내 몸이 잔뜩 긴장했다.

왜냐하면 1반은 나와 소라의 반이었으니까.

"진짜?"

서, 설마, 그거 나를 말하는 건 아니겠지?

왜, 왜냐하면 학교에서는 조심하려고 대화를 거의 안 하니까.

그렇게 생각했는데 이런 말이 들렸다.

"여름 방학 자유 연구 있잖아. 소라랑 같이 해서 대회에 낸 아이가 있다더라."

어? 그걸 어떻게 알지?

나는 당황했는데, 그러고 보니 실험 공책을 제출할 때, 소라와 내 이름을 나란히 적었다.

어쩌면 누가 그걸 봤을지도 모른다.

내 머리가 빙글빙글 돌았다.

"그리고 여름 축제 때도 소라가 그 아이 가게를 도왔대."

"어, 진짜? 뭘 팔았는데?"

"**젤리**를 팔았다던데?"

"아, 나도 알아! 얼린 거지? 그 젤리, 소라가 만들었다고 들었어."

"앗, 그럼 혹시 그 아이도 같이 만들었나?"

으아아아, 어쩌지……! 여름 축제 때는 엄마의 가게를 도운 거고, 젤리도 소라의 할아버지가 만드셨는데……. 소문이 이상하게 퍼졌다!

혹시…… 나랑 소라가 같이 디저트를 만드는 것도 소문이 났나?

"그게 누구야?"

"……."

뒤에서 걷는 아이는 말이 없었다.

왠지 모르게 시선이 느껴져서 얼굴이 점점 굳어졌다.

지금 도저히 뒤를 돌아보지 못하겠다……!

위기 상황이야!

도망치고 싶어진 그때였다.

"……설마."

"그렇지? 뭘 잘못 안 걸 거야."

"오히려 저 사촌이 더 잘 어울린다."

소곤소곤 그런 목소리가 들렸다.

동시에 내 등에 꽂혔던 시선이 사라졌다.

숨까지 참고 있었던 나는 몰래 한숨을 내쉬었다.

으아아, 다, 다행이다…….

하지만 왠지 울고 싶어졌다.

"……설마."

"뭘 잘못 안 걸 거야."

"저 사촌이 더 잘 어울린다."

방금 들은 말들이 내 가슴속에 쌓였다.

그거야 그렇지. **나는 그냥 평범한 아이니까 소라 옆에 있으면 안 어울린다.**

아아, 앞으로는 좀 더 조심해야겠다.

나랑 소라가 같이 디저트를 만든다는 게 알려지면, 다들 하나도 안 어울린다고 말할 테니까.

게다가, 게다가!

마, 만에 하나 우리가 사귄다느니 뭐니 하는 소문이 소라 귀에 들어가기라도 하면!

오싹, 소름이 돋았다.

"나랑 리카가? 무슨 소리야!"

평소처럼 발랄하게 웃으며 대답할 소라의 얼굴이 떠올라서, 나는 고개를 푹 숙였다.

왜냐하면 아까도 소라는 함박웃음을 지으며 "리카는 내 최강 콤비니까!"라고 말했다.

그러니까 그 말은…… 나는 소라에게 연애 대상이 아니라는 소리다.

"무슨 소리야. 리카는 그냥 내 콤비야. 내 파트너!"

소라가 그렇게 말할 걸 상상했더니 너무도 가슴이 답답해졌다.

콤비. 그야 그 말이 맞지만, 기쁜 말이지만.

소라가 그렇게 나와 선을 긋는 걸 생각하면 이상하게 괴롭다…….

내가 오로지 실험하기 위한 상대 같다.

전혀 '특별' 하지 않은 것 같다.

그런 말을 들으면 실험할 때마다 마음이 복잡할 것 같다. 그러다가 결국 괴로워서 최고의 실험을 못 하게 될 것이다.

응.

그런 일은 어떻게든 피하고 싶으니까 들키지 않게 해야지.

주먹을 꽉 움켜쥐면서 마음을 다잡았다.

고개를 들었는데, 소라와 유우가 반짝반짝한 얼굴로 웃고 있었다.

두 사람이 잘 어울려 보여서 가슴이 삐걱삐걱 소리를 내며 조여드는 것 같았다.

알고 있다.

나는 평범하니까 소라의 '특별한 아이' 가 되기에는 부족하다는 것을.

알고 있지만, 왠지 참을 수 없이 슬퍼졌다.

유우가 너무너무 부러웠다.

"리카, 괜찮니?"

갑자기 이름이 불려서 정신을 차렸다.

옆을 보자, 유리가 걱정스러운 표정으로 나를 보고 있었다.

아, 혹시 나 되게 우울한 표정을 지었나?

"어, 앗, 뭐가?"

얼른 헤실헤실 웃었으나 유리는 기분이 영 안 좋아 보였다.

유리는 뒤를 힐끔 돌아보고 입술을 삐죽였다.

왜 그러지?

그렇게 생각했을 때, 소라가 멈춰 섰다.

무슨 일인가 했더니 우리 집 앞이었다.

어라, 언제 집까지 왔지?

"리카, 가방을 두고 올래?"

소라가 나를 돌아보며 말했다.

"어, 사사키의 집을 소라가 알고 있네……?"

뒤에 선 아이가 불쑥 말했다.

으아악!

소라가 우리 집을 아는 거, 들켰어!

"그야."

소라가 아무렇지 않게 고개를 끄덕이며 입을 열었다.

다음에 나올 말이 뭔

지 짐작이 가서 내 얼굴이 새파래졌다.

"같이 실험을 하니까!"라고 말할 테지!

으아아!

그거, 그건 절대 안 돼!

나도 모르게 눈을 크게 떴다. 그리고 '**그건 안 돼!**' 라는 마음을 눈에 담아 뚫어지게 소라를 바라보았다.

부탁이야, 내 마음을 이해해 줘!

지금 막 들키지 않게 해야겠다고 생각했단 말이야!

소라는 순간 고개를 갸웃거렸지만, 필사적인 내 마음이 전해졌는지 '오케이!' 라는 듯이 고개를 끄덕이고 말했다.

"얼마 전에 학교에서 받은 출력물을 주러 왔었거든."

소라는 아무 일도 아니라는 듯이 방향을 바꿨고, 그러면서 나를 힐끔 보더니 입 앞에 검지를 세웠다.

우리 둘만의 비밀이니까!

그렇게 말한 것 같아서 얼굴이 빨개졌다.

"어, 소라, 뭐야? 지금 그거 뭐야?"

정면에 있던 유우는 나와 소라 사이에 오간 행동을 봤지만, 이해하지 못해 어리둥절한 표정이었다.

"아무것도 아니야."

소라는 대충 흘려 넘기고 성큼성큼 걸어갔다. 유우도 얼른

뒤를 쫓아갔다.

　나는 혹시 싶어 뒤를 돌아보았다.

　아무도 지금 있었던 일을 못 본 것 같았다.

　아아, 다행이다!

　진심으로 마음이 놓였다.

　일단 집에 가서 책가방을 놓고, 엄마에게 놀고 오겠다고 말
했다.

　나는 서둘러 모두를 쫓아갔다.

소라는 예정대로 슈의 아파트 앞을 지나 선로를 따라 걸어서 중학교로 안내했다.

이 중학교에는 우리가 다니는 초등학교와 이 근처 초등학교 세 곳의 학생이 모두 모인다.

그래서 초등학교보다 훨씬 넓었다.

울타리 너머로 운동장을 보는데, 동아리 활동 중인지 체육복을 입은 언니와 오빠가 달리고 있었다.

"우리 다 이 학교에 입학해."

"나도 중학교부터는 같이 다니네! 재미있겠다."

유우가 들떠서 기뻐했고 소라도 "그렇지!" 하고 유우를 보며 웃었다.

"아, 저기 봐! 선로 너머에 저 아파트, 저기가 우리 가족이 살 새집이야."

"오, 생각보다 가깝네. 금방 놀러 갈 수 있겠다!"

즐겁게 대화하는 둘을 보며 뒤에 선 여자애들이 "둘만의 세계네……."라고 중얼거려서 움찔했다.

유우도 소라도 정말 주변이 보이지 않는 것 같았다.

"되게 잘 어울린다."

"에이. 나 소라를 좋아했는데. 아쉽다."

아쉽다. 그 말이 내 마음속에 스며들었다.

왠지 모르게 기분이 우울해졌지만 그래도 역 앞으로 갔다.

역 앞 상점가에는 채소와 과일 가게, 생선 가게, 정육점 등
이 있다. 저녁 장을 보러 온 사람들로 상점가가 붐볐다.

"플뢰르에서 쓰는 과일, 저기 과일 가게에서 사."

"여기 생선 가게, 되게 저렴하대."

"정육점은 화요일에 할인한대."

소라가 안내하고, 다른 아이들도 아는 정보를 덧붙였다.

튀김 냄새가 솔솔 났다.

그쪽을 보자, 반찬 가게에 노란색 크로켓과 멘치가스(다진
고기로 만든 일본식 튀김. 돈가스와 비슷하다.—옮긴이)가 진열되
었다.

"여기 멘치가스, 진짜 맛있어."

다들 맛있겠다고 난리가 났다.

우리는 그렇게 왁자지껄 떠들며 상점가를 끝에서 끝까지 걸
었다.

그러다가 상점가 구석에 **새로운 가게**가 생긴 것을 발견했다.

동그란 창문이 달린 나무 벽. 주황색 지붕에 굴뚝까지 있다.

꼭 동화 속에 나오는 집처럼 귀여운 가게였다.

아직 간판이 없어서 무슨 가게인지 모르겠다.

"어? 이거 무슨 가게지? 새로 생겼네?"

소라가 가게를 들여다보았다.

아직 공사가 완전히 끝나지 않은 것 같았다.

"언제 문을 열까?"

나는 두리번두리번 실마리를 찾았다. 그러나 **'가까운 시일 내 오픈'**이라는 종이만 붙었고 그 이상의 정보를 얻을 수 없었다.

그래도 느낌상 음식을 파는 가게 같다. 아마도 빵집 같은 곳.

"잘 모르겠지만 기대된다!"

소라가 밝게 웃으며 집 쪽으로 걸음을 옮겼다.

소라의 동네 안내는 이렇게 끝인가 보다.

3. 할아버지가 받은 부탁

동네 안내를 마치자, 슈가 "나는 공부해야 해."라고 말했다. 그래서 슈의 아파트 앞에서 헤어졌다.

슈가 나에게 슬쩍 "우리 집에 들러서 녹화해 둔 곤충 특집 영상을 같이 볼래?"라고 말했지만, 그럴 기분이 아니어서 거절했다.

다른 아이들도 자기 집으로 갔고, 유리와 그 친구들도 학원에 가야 한다고 공원 앞에서 헤어져 집으로 돌아갔다.

유리는 헤어지기 전에 심각한 표정으로 나를 돌아봤다. 그리고 속삭였다.

"리카, 지면 안 돼."

마음이 약해진 걸 나도 알고 있었으니까 그 말을 듣고 깜짝 놀랐다.

"어, 지다니? 나, 나는…… 승부 같은 거 안 하는데."

이렇게 얼버무렸다.

"도망치면 안 돼!"

그런데 유리가 조금 화가 난 표정을 지었다.

어라, 유리, 왜 화가 났을까?

어리둥절했는데, 유리가 표정을 조금 풀고 "리카, 힘내!"라고 말하더니 집으로 돌아갔다.

결국 플뢰르로 가는 길모퉁이, 벚나무가 있는 곳까지 돌아온 사람은 나와 소라와 유우뿐이었다.

유우는 '진짜 방해되거든?'이라는 눈빛으로 나를 노려보았다.

"리카, 너는 왜 집에 안 가?"

심지어 대놓고 이렇게 물어보았다.

칼날 같은 말이 내 가슴에 쿡 박혔다.

그야! 아까 소라랑 약속했으니까! 유우도 들었을 텐데?

그렇게 무서운 눈으로 날 노려보지 말아 줘……!

"소, 소라. 나도…… 그만 집에 갈게."

그렇게 말하고 돌아서려는데, 소라가 고개를 갸웃거렸다.

"어? 왜? 셋이 같이 연구할 소재를 찾자."

엇, 셋이라니…… 유우랑 같이?

"에이, 나는 소라 너랑 나랑 둘이 하는 게 좋아! 아니, 너 내가 왔을 때는 늘 내 부탁을 최우선으로 들어줬잖아."

"최우선이라니. 그리고 둘이 아니어도 할 수 있잖아."

소라가 달래자 유우의 눈이 점점 더 날카로워졌다.

"아니야, 당연히 두 사람이 하는 게 훨씬 나아. 왜냐하면 나는 셰프가 될 거니까 파티시에가 될 소라를 돕는 일이라면 당연히 내가 하는 게 훨씬 좋지."

어?

나는 눈을 동그랗게 떴다.

유우는 셰프, 그러니까 요리사가 되고 싶다고?

그 말은 나랑 다르게 달걀도 잘 깨고 식칼도 잘 다룬다는 소리다.

그러면 나는 정말로 필요 없을 것 같네…….

충격을 받았는데 소라가 크게 한숨을 쉬었다.

그리고 단호하게 말했다.

"아니, 리카의 도움이 필요해."

나를 똑바로 바라봐서 두근두근 심장이 뛰었다.

으앗, 내가 필요하다니?

내 얼굴이 새빨개졌다.

"나 혼자는 안 된다는 소리야?"

"그러니까 너는 왜 맨날 이런 식으로 둘 중 하나를 선택하라고 하냐?"

소라는 고개를 갸웃거렸지만 나는 이유를 안다. 유우가 소라를 좋아하기 때문이다.

유우는 "치이잇" 하고 입술을 삐죽이며 불만스럽게 나를 봤다.

으으, 그야말로 방해라고 주장하는 얼굴이다.

소라는 유우의 심정을 알지도 못하고 환하게 웃었다.

"그럼 같이 하는 거다?"

파란만장한 미래를 예감했지만, 내가 필요하다는 말은 참기 뺐다.

또 유리가 한 말을 생각하면, 집에 가는 건 꼭 도망치는 것 같으니까 한심했다.

자칫 베일 듯한 유우의 눈빛은 무서웠지만 나는 남아 있기로 했다.

플뢰르에 도착했을 때, 마침 우체부가 우편함에 편지를 넣고 있었다.

소라가 얼른 우편함에서 편지를 꺼냈다.

"어? 이게 뭐지?"

소라가 쥔 것은 가장자리에 빨간색과 파란색으로 비스듬한 무늬가 들어간 봉투였다. 받는 사람은 알파벳 필기체로 적혀 있어서 읽지 못하겠다.

"이건 **에어 메일**이야. 외국에서 온 우편."

유우가 말했다.

"외국? 할아버지 거겠네."

소라가 그렇게 중얼거리며 먼저 가게로 들어갔다.

가게에서는 **가노 씨**가 혼자 케이크를 추가로 진열하고 있었다.

벌써 저녁때지만, 우리 아빠처럼 퇴근하면서 플뢰르에 들러 케이크를 사는 손님이 꽤 많다고 한다.

"어? 할아버지는요?"

소라가 묻자, 가노 씨가 가게 안쪽을 힐끔 봤다.

진열장 너머에서 대화하는 소리가 들렸다.

발돋움을 해 안쪽을 들여다보자, 소라의 할아버지와 덩치 큰 남자가 있었다.

그 사람은 머리카락이 불그스름했고 눈이 파랬다.

유우의 머리카락과 눈과 같은 색이다.

"아버지도 슬슬 극복하셔야죠. 어머니가 돌아가신 지 얼마나 지났는데요. 벌써 5년이에요."

"극복이고 뭐고, 내가 딱히 우울해서 만들지 않겠다고 한 것도 아니지 않느냐."

"그게 아니면 왜 여전히 안 만드는데요? **그 디저트**는 내 집처럼 따뜻한 가정 요리를 내는 우리 가게와 잘 맞는단 말이에요. 꼭 우리 가게에서 내고 싶어요. 제발요."

소라와 유우, 그리고 나는 얼굴을 마주 보았다.

아버지라고 했고, 우리 가게라고 했다.

그렇다면 할아버지와 대화하는 저 사람은 이웃 마을에 레스

토랑을 연다는 유우의 아버지가 분명하다.

그렇다면 '그 디저트'가 뭐지?

귀를 기울였지만 그때 손님이 들어와서 안쪽 목소리가 들리지 않았다.

소라가 "가자."라고 하더니 진열장 뒤로 들어갔다.

가게 안쪽 공방으로 살금살금 들어가 나와 유우에게 손짓했다.

작업대 뒤에 숨어 쪼그려 앉았다.

으아, 이래도 괜찮을까?

안절부절못하면서도 나는 귀를 쫑긋 세웠다.

궁금한 이야기니까 어쩔 수 없다.

"그러니까 그건 이제 만들지 못한다고 몇 번을 말하니. 애초에 그건 플뢰르가 없으면 완성할 수 없어."

"하지만 만들어 주지 않으면 나도 곤란해요. 그걸 우리 레스토랑의 핵심 디저트로 삼을 생각이니까."

무슨 이야기일까?

왠지 가슴이 마구마구 뛰었다.

만들지 못한다고 했다. 플뢰르가 없으면 안 된다고 했다.

플뢰르는 소라의 할머니 성함이었지?

나는 전에 소라가 해 준 이야기를 떠올렸다.

소라는 할머니의 생신 때 먹었던 최고로 맛있는 디저트를 언젠가 자기 손으로 만들고 싶어서 베이킹을 배우기 시작했다.

그건 소라의 할아버지가 더는 만들지 않아서 '환상'이 된 디저트다. 그렇다면.

저 두 분이 말하는 디저트란 바로 **'환상의 디저트'**?

우리는 동시에 같은 생각을 했을 것이다. 소라가 나를 돌아보았다.

눈이 마주치자 소라가 힘차게 고개를 끄덕였다.

"게다가 **경쟁자**도 나타났으니까 아버지도 힘들 거 아니에요. 이쯤에서 좋은 수를 내지 않으면."

경쟁자?

그렇게 생각했을 때였다.

우당탕! 큰 소리가 났다.

소라가 "이런." 하고 중얼거렸다.

발에 걸려서 동그란 의자가 쓰러졌다.

"어이! 너, 소라구나? 어린애가 뭘 엿듣는 거냐!"

"할아버지! 작은아버지! 경쟁자라니, 무슨 소리예요?"

소라가 금방 태도를 바꿔 벌떡 일어나더니 직접 물었다.

"그건."

아저씨가 말하려는데, 할아버지가 냉큼 가로막았다.

"어린애는 어른들 이야기에 끼어드는 게 아니다! 어이, 장소를 바꾸자!"

큰 소리로 외치더니, 화난 얼굴로 아저씨의 귀를 잡아당겼다.

"아파! 아파요오오!"

아저씨는 슬픈 얼굴을 하고는 할아버지의 집 쪽으로 끌려갔다.

으아, 아프겠다!

나도 모르게 고개를 돌렸는데, 가노 씨와 눈이 마주쳐서 놀랐다.

가노 씨가 가게와 공방 사이의 문 뒤에 숨은 것처럼 조용히 서 있었다.

가노 씨가 순간 허둥거리며 내게서 시선을 피했다.

그래도 곧바로 나를 보더니 부드럽게 웃었다.

어라?

그 모습에 위화감을 느꼈다.

가노 씨가 뭔가 얼버무리려고 한 것 같았다.

4. 유우와 소라의 약속

가노 씨는 가게로 돌아가고 우리 셋이 공방에 남았다.

"에이. 소라 때문에 끝까지 다 못 들었잖아."

유우가 입술을 삐죽이면서 투덜거렸다.

"미안! 그래도……."

소라가 반짝이는 눈으로 나를 봤다.

"리카. 지금 들은 이야기, 아마도 **'환상의 디저트'** 같지?"

나도 흥분해서 고개를 끄덕였다.

틀림없다! 할머니 성함도 나왔잖아!

"환상의 디저트?"

유우가 눈을 크게 뜨고 고개를 갸웃거렸다.

그 말을 듣고 나서야 나는 여기 유우가 있는 걸 기억했다.

어, 어라? 이 이야기, 유우 앞에서는 하지 않는 게 좋을까?

그런데 소라는 아무렇지 않게 말했다.

"그거, 할머니 생신이면 매년 먹었던 거! 너도 기억하지?"

"아아! 그거? 그래도 나, 한 번밖에 안 먹었고 워낙 어렸을 때라 잘 기억이 안 나."

"그런가. 너는 같이 살지 않아서 생신 때 매년 있었던 건 아니니까."

그러더니 소라가 가슴을 활짝 펴고 말했다.

"사실은 나, '환상의 디저트'를 만들려고 노력하는 중이야."

나는 그 말을 듣고 멍해졌다.

어, 소라가 지금 '환상의 디저트'를 만들려고 노력한다고 말했어.

어째서?

"매일 열심히 만들고 있어. 오늘도 할 거고, 내일도, 아, 앞으로 3일 연휴니까 내일이랑 내일모레도 할 수 있어! 그러니까 리카! 내일부터 뭔가 새로운 디저트를 만들자! 우리 매번 하는 것처럼."

소라가 생각났다는 듯이 내게 말을 걸었다.

"어? 매번 하는 거라니? 설마 얘랑 둘이 베이킹을 해?"

유우가 소라의 말을 가로막았다.

"아, 이런, 비밀이었지!"

소라가 당황해서 입을 막았다.

"어? 뭐야, 비밀이라니?"

유우가 비밀이라는 말에 반응해 어리둥절한 표정을 지었다.

"미안해, 리카."

소라가 사과했다.

하지만 나는 우리 둘이 베이킹을 하는 비밀이 밝혀진 것보다 소라가 유우에게 **'환상의 디저트'를 만들려고 노력한다는 사실**을 말해서 충격이었다.

나는 '환상의 디저트'라는 목표를 우리 둘만이 공유했다고 생각했다.

왜냐하면 '환상의 디저트'를 만들기 위해서 소라는 '최고의 디저트'를 만들려고 노력하고, 나는 '최고의 디저트'를 만드는 게 곧 **'최고의 실험'**이 된다고 믿었으니까.

나에게 '최고의 디저트 만들기'는 보물처럼 소중한 것이었다. 절대로 잃어버리거나 망가뜨리지 않게 그 누구에게도 말하지 않고 비밀로 숨겨 두고 싶었다.

그러나 **소라에게 '최고의 디저트 만들기'는 이렇게 쉽게 남에게 말할 수 있는 일이었구나.**

나 혼자 둘만의 비밀이라고, 특별하다고 착각했다. 소라에

겐 그러지 않았나 보다.

"뭐야, 소라! 비밀이 뭔데!"

우울해진 내 앞에서 유우가 날카로운 목소리를 냈다.

"아……."

속일 수 없다고 생각했는지, 소라가 포기하고 유우에게 설명했다.

"사실은 리카가 내 베이킹 공부를 도와주고 있거든."

"어? 왜?"

"나는 과학이나 수학을 영 못하잖아? 그런데 우리 할아버지, 파티시에가 되려면 이 두 가지가 중요하다고 했거든. 리카는 과학이랑 수학을 정말 잘하니까. 그래서."

"치사해!"

유우가 큰 소리로 외쳤다.

얼굴은 새빨개지고 눈은 뾰족하다. 잔뜩 화가 난 얼굴이었다.

"치사하다니 뭐가?"

"나 몰래 앞질러 가는 거잖아. 같이 열심히 노력하자고 했으면서! 게다가 지금까지 나한테 비밀이 하나도 없었으면서! 소라, 너무해!"

"앞질러 가다니…… 너는 너대로 열심히 하면 되잖아. 애초

46

에 너는 셰프가 되고 싶다며? 나는 할아버지의 제자가 되었으니까 너는 작은아버지 제자가 되면 돼."

"싫어, 싫어. 나도 너랑 할 거야! 나도 과학이랑 수학을 잘한다고!"

유우가 볼을 빵빵하게 부풀렸다.

으아, 이걸 어쩐담.

분명 이대로 진정되진 않을 것이다.

그야 당연하다.

내가 유우였다면.

좋아하는 남자애가 다른 아이랑 베이킹을 하는 건 싫을 테니까.

하지만 유우가 소라와 베이킹을 하기로 하면, 여기에서 나가야 할 사람은…… 혹시 나인가?

상상하자 오싹했다.

"진짜 넌 제멋대로에 이해를 못 하겠다! 애초에 리카가 잘하는 거랑 너처럼 평범하게 잘하는 건 비교도 안 된다고!"

으악! 소라, 그렇게 말하면 역효과야!

속으로 생각했는데, 역시 유우의 목소리가 더욱 거칠어졌다.

"그럴 리가 없잖아! 소라, 거짓말쟁이! 치사해!"

유우가 싫다고 고집을 부리자, 소라가 마치 여동생을 대하는 것처럼 다정하게 말했다.

"아아, 진짜. 어쩔 수 없네……. 그럼 이번만이다."

소라가 미안하다는 표정으로 나를 봤다.

"미안해. 얘가 있는 동안만 같이 디저트를 만들어도 될까?"

어?

나도 모르게 숨을 죽였다.

소라, 지금 뭐라고 했어?

"보다시피 일단 말을 꺼내면 사람 말을 절대로 안 듣거든. 진짜 어린애야. 유치원생 같아!"

"잘됐다!"

유우가 금세 태도를 바꿔 생글거렸다.

소라는 어쩔 수 없다는 듯이 한숨을 쉬었다.

그래도 나는 "**싫어.**"라고 말하고 싶었다.

왜냐하면.

왜냐하면 소라는 말했다. 우리 둘이서 최고의 디저트를 만들자고.

유우도 같이 하면, 우리가 한 약속은 어떻게 되는 거지?

가슴속에서 그런 생각이 마구마구 날뛰었다.

하지만 소라가 어리둥절한 표정으로 나를 보고 있다.

내가 금방 고개를 끄덕일 줄 알았나 보다. 소라의 저런 얼굴을 보면 싫다고 말하기 어렵다.

내가 고집을 부리면 소라가 곤란해질 테니까.

여럿이 같이 하는 편이 더 즐거울 테고.

게다가 유우는 오늘까지만 여기 있다.

……오늘만이니까.

내일부터는 지금까지 하던 것처럼 계속 소라랑 둘이 디저트를 만들 수 있어!

"……아, 알았어."

나는 꾹 참고 고개를 끄덕였다.

억지로 웃었다.

"고마워!"

소라가 안심하고 환하게 웃었다.

그 모습을 보면 소라가 유우를 얼마나 소중히 여기는지 알 수 있어서 코가 시큰해졌다.

역시 유우가 소라의 '특별한 아이' 라는 걸 알겠다.

그러니까 소라는 유우의 말이라면 뭐든지 들어주고 싶겠지.

"오늘은 가게가 영업 중이니까 공방을 못 쓰겠지……. 할아버지 집에서 할까? 아, 부엌을 써도 되는지 물어보고 올게!"

그러더니 소라가 바람처럼 할아버지 집으로 갔다.

나와 유우만 남았다.

공방에 침묵이 내려앉았다.

어, 어어…… 무슨 말을 해야 하지?

애초에 유우는 틀림없이 나를 싫어할 테니까…….

어색해서 어쩔 줄 모르는데 갑자기 유우가 나에게 말을 걸었다.

"리카. 너 소라를 좋아하지?"

두근!

너무 직설적인 말에 나는 할 말을 잃었다.

이거, 뭐, 뭐라고 대답해야 하지?

"그, 그거야 좋아하는데…… 왜, 왜냐하면 우린 친구니까!"

이것 말고 좋은 대답이 생각나지 않았다.

허둥거렸는데, 유우가 의미심장하게 고개를 끄덕였다.

"역시 좋아하는구나. 그럴 줄 알았어!"

어어, 저기, 좀 다른 의미로 받아들인 거 아니니?

친구라고 제대로 말했잖아!

"그래도 소용없어."

"소용없다고?"

의미를 몰라 되물었다.

그때 유우가 붉은 머리카락을 위로 쓸어 넘겼다. 포슬포슬

흘러내리는 앞머리 사이로 히죽, 귀여운 얼굴과 어울리지 않게 싸움을 거는 듯한 미소가 보였다.

살짝 벌어진 입술 사이로 보이는 작은 덧니.

비유하자면 사자나 호랑이 같은 야생 동물처럼 보여서 나는 잘못 봤나 싶어 눈을 깜박였다.

곧 유우가 꽃이 활짝 핀 것처럼 환하게 웃었다.

"나는 소라랑 약속했거든."

"약속?"

가슴이 더욱 바쁘게 뛰었다.

이어지는 말을 듣는 게 두려웠다.

"내가 셰프, 소라가 파티시에가 되어서 **앞으로 같이 레스토랑을 열기로.**"

쿵, 머릿속에 뭔가 무거운 게 떨어진 것처럼 충격받았다.

그런 말…… 나는 못 들었어.

"나는 일류 셰프가 되고 소라도 일류 파티시에가 될 거야. 그러기 위해서 **우리 둘이 프랑스에 유학**하러 가기로 약속했어."

"프랑스에 유학?"

너무 멀리 떨어진 나라의 이름이 나와서 내 머리가 따라가지 못했다.

"그래. 우리 아빠도 할아버지도 예전에 유학하러 갔었거든. 우리한테도 그러라고 했어. 역시 본고장에 다녀오는 게 중요하다고. 그러니까 **일본에 있는 너랑은 안녕이지.**"

그러고 보니 소라의 할아버지도 젊었을 때 프랑스에 공부하러 다녀왔다고 들었다.

그렇다면 할아버지를 존경하는 소라가 똑같은 길을 걷는 것은 하나도 이상하지 않다.

하지만.

그럼 나와 한 약속은?

같이 최고의 디저트를 만들겠다는 약속은?

나와 한 약속과 유우와

한 약속을 동시에 지키지 못하잖아?

혼란스러운데, 공방 문이 활짝 열리고 소라가 돌아왔다.

그 뒤에는 대화를 마무리했는지 할아버지와 유우의 아빠가 서 있었다.

소라의 얼굴이 무슨 이유에서인지 새빨갰다.

왜 저러지? 의아했는데 소라가 말했다.

"리카! 유우! **나, 프랑스에 베이킹을 배우러 갈 거야!**"

5. 소라가 프랑스에 간다고?

"나, 프랑스에 베이킹을 배우러 갈 거야!"

소라의 말이 귓속에서 계속해서 왕왕 울렸다.

조금 전에 유우가 한 말과 겹쳐서 내 마음을 마구 흐트러뜨렸다.

"나는 일류 셰프가 되고 소라도 일류 파티시에가 될 거야. 그러기 위해서 **우리 둘이 프랑스에 유학**하러 가기로 약속했어."

그래도 아주아주 먼 미래라고 생각했는데.

이렇게 갑작스럽게 닥치다니.

나는 너무 놀라서 물어보았다.

"어……, 프랑스에 베이킹?"

거짓말이면 좋겠다. 꿈이면 좋겠다.

그런 마음이 들어 몰래 손톱으로 손등을 꼬집었다.

너무 아팠다.

하지만 꼬집힌 아픔보다도 뭔가가 가슴을 가른 것처럼 욱신거리는 통증이 있었다.

"어, 무슨 소리야, 갑자기?"

유우도 놀란 얼굴로 물었다.

"그게! 할머니의 남동생, 빅토르 할아버지가 지금 프랑스 공방에 있대. 예전에 할아버지가 공부하러 갔을 때 같이 일했던 대단한 파티시에인데, 빅토르 할아버지가 입원했대."

소라가 하는 말은 너무 흥분한 탓에 알아들을 수 없었다.

남동생인 빅토르 할아버지가 입원했다고?

대체 무슨 얘기지?

그것과 소라가 프랑스에 가는 게 어떻게 연결되는지 모르겠다.

사실 나는 지금 전혀 머리가 돌아가지 않았다. **소라가 프랑스에 가 버린다. 만나지 못한다.** 그 생각이 머리를 꽉 채웠다.

"그래서! 빅토르 할아버지의 공방이 지금 곤란한 상황이라고 프랑스에서 편지가 왔어."

소라가 뭔가 계속해서 말했는데, 할아버지가 한심하다는 듯이 끼어들어서 대신 설명했다.

할아버지의 왼손에는 아까 우체부가 가지고 온 에어 메일이
있었다.

"'어떤 디저트'를 만들려면 일손이 부족하다는군. 그 디저
트를 만들 수 있고 현역으로 일하는 사람은 이제 빅토르와 나
뿐인 것 같아. 다들 나이를 먹어서 은퇴했거든."

"그 '어떤 디저트'가 뭐죠?"

뒤에서 떨리는 목소리가 들렸다.

돌아보자 어느새 가노 씨가 서 있었다.

"응? 가노구나. 가게는?"

"어어, 케이크가 다 팔려서 어떻게 할지 여쭤 보려고요."

"그러냐, 오늘은 문을 닫을까."

할아버지가 즐겁게 웃었다. 가노 씨가 할아버지에게 한 번
더 물었다.

"그래서 '어떤 디저트'란 대체 뭔가요?"

가노 씨의 얼굴이 창백해 보였다.

어쩌면 나와 마찬가지로 충격을 받았는지도 모른다.

왜냐하면 소라가 프랑스에 가 버리니까.

너무 갑작스러워서 받아들이지 못하겠다.

그때 너무 신나서 어쩔 줄 모르던 소라가 외쳤다.

"'환상의 디저트'야!"

"어?"

너무 놀라서 머릿속에서 슬픔이 사라졌다.

'환상의 디저트'라고? 할아버지가 그건 만들지 못한다고 하셨잖아?

"그게 말이다. 나는 더는 만들 마음이 없지만 그 디저트가 세상에서 완전히 사라지는 건 아쉬우니…… . 사정이 이렇게 됐으니 어쩔 수 없지. 프랑스에 가서 만들기로 했다."

할아버지가 한숨을 쉬었다.

"그래서 이번 기회에 부활시켜 우리 레스토랑에서도 내놓을 예정이야. 아아, 타이밍이 최고야! 이건 할머니가 할아버지에게 그 디저트를 만들라고 말하는 거나 마찬가지야. 그렇지, 유우?"

유우의 아빠가 으하하 너털웃음을 지으며 유우에게 기쁘게 말했다.

"약삭빠르게 끼어들어서는."

할아버지가 쓴웃음을 지었다.

"그래서 이런 기회는 잘 없고, 나도 빅토르도 나이를 많이 먹었으니까. 이렇게 되었으니 디저트를 만들 후계자를 제대로 키우는 게 좋겠다는 이야기가 나와서 소라를 가르치기로 했지."

우아, 멋지다……! 할아버지, 그렇게 내키지 않아 하셨으면서.

내가 눈을 동그랗게 뜨고 바라보자, 할아버지가 어깨를 으쓱이더니 히죽 웃었다.

"소라가 너무 집요하게 구니까. 계속 달라붙으면 일할 때도 방해되니 후다닥 가르쳐 주는 게 오히려 편할지도 모르지. 집요한 건 혈통인가."

그러더니 할아버지가 유우의 아빠를 힐끔 봤다.

소라가 "이히히." 하고 웃었다.

"으하하, 계속 조르길 잘했다."

할아버지가 한숨을 푹 쉬더니, 오른팔에 안고 있던 두툼한 책을 테이블에 내려놓았다.

"여기 레시피가 있다. 낡을 대로 낡았지만."

할아버지가 그리운 듯이 책 표지를 쓰다듬었다.

아주, 아주 소중하게.

갈색 표지에 'Journal'이라고 적혀 있었다.

저게 무슨 뜻일까?

가노 씨가 갈라지는 목소리로 중얼거렸다.

"Journal…… 일기……? 설마 저런 것에 적어 두었다니."

비틀비틀 앞으로 오더니 내 옆에 섰다.

"가노. 아까부터 얼굴이 새파란데, 무슨 일이냐?"

가노 씨가 퍼뜩 놀라더니 "아닙니다." 하고 고개를 저었다.

그러더니 얼버무리려는 듯이 말했다.

"하지만…… 레시피가 있으면 프랑스가 아니라 여기에서도 가르칠 수 있잖아요?"

그 말에 나는 마른침을 꿀꺽 삼켰다.

맞아. 일본에서도 얼마든지 가르칠 수 있잖아.

그런 마음을 담아 할아버지를 바라보았다. 하지만 할아버지는 고개를 저었다.

"아니, 우선은 본고장의 맛을 알아 둘 필요가 있지. 만들려는 것을 잘 알고 있을 때와 모를 때는 전혀 다르니까."

받아들일 수 없는지 가노 씨가 얼굴을 찌푸리고 말했다.

"하지만 그러면 플뢰르는 어떻게 합니까? 소라가 '환상의 디저트'를 배울 때까지는 시간이 아주 오래 걸릴 텐데요? 그동안 문을 닫으면 이 가게는 어떻게 됩니까."

그, 그러네. 가게는 어쩌려고?

마지막 희망을 담아 나는 간절하게 할아버지를 바라보았다. 하지만.

"무슨 소리냐. 그야 당연히 가노, 너에게 맡길 거다. 내가 없는 동안 가게를 잘 지켜다오. 부탁이다."

할아버지가 하하하 웃으며 가볍게 말했다.

엇. 가노 씨에게 가게를 맡긴다고 했다. 지켜 달라고 했다. 그 말은 가게를 가노 씨에게 준다는 것일까?

나는 충격이 너무 커서 쓰러질 것 같았다.

'환상의 디저트'를 만들 수 있게 된 건 대단하지만.

게다가 그 레시피를 소라가 물려받게 되었으니 기뻐할 일이지만.

마치 기쁨의 대가처럼 소라가 프랑스에 가는 것이 정해지고
말았다.

6. 태풍이 닥쳤다

"디저트를 만들어 주신다고 했으니까 내 볼일은 이제 끝났군! 유우, 슬슬 돌아갈까?"

유우의 아빠가 상쾌한 표정으로 크게 기지개를 켜며 말했다.

"어? 벌써요? 싫어요, 싫어요. 조금 더 있어도 되잖아요!"

유우가 얼굴을 찌푸렸다.

"조금 더라니. 지금 서둘러 돌아가도 집에 가면 밤 9시가 넘을 텐데? 너 금방 졸려하잖아."

"상관없어요. 신칸센을 타고 자면 되니까."

"너는 한 번 자면 깨지 않잖아……. 널 누가 옮겨야 하는데, 이제 너는 갓난아기가 아니잖니. 아닌가, 아직 아기였나! 아하하!"

"뭐라고욧!"

이런 잔뜩 들뜬 대화가 귀에 어렴풋이 들리긴 하는데, 내 머릿속은 점점 더 혼란스러워지기만 했다.

유우가 집에 간다.

드디어 일상이 되돌아오겠지만, 전혀 마음이 놓이지 않았다.

왜냐하면 유우가 집에 가더라도 이번에는 소라가 떠나니까.

그때, 공방 문이 열리더니 소라의 엄마가 허둥거리며 들어왔다.

"유우 아빠, 큰일 났어. **신칸센이 운행 정지될 거래!**"

"어? 왜요?"

"태풍 때문에!"

갑작스러운 말에 놀랐는데, 그러고 보니 아침 뉴스에 태풍 이야기가 나왔던 것 같다.

이쪽은 날씨가 맑아서 까맣게 잊었다.

"예측했던 진로와 달라질 건가 봐. 오늘 밤에는 간사이 지역이 폭풍권에 들어가니까 어쩌면 신칸센을 타고 하룻밤을 보내야 할지도 몰라."

"엇, 정말요? 우리 동네로는 오지 않을 줄 알았는데."

유우의 아빠가 느긋하게 말하더니 머리를 벅벅 긁었다.

그러더니 할아버지에게 말했다.

"아버지, 오늘 이쪽에서 자도 될까요?"

"얼마든지 자고 가라. 오랜만에 이렇게 얼굴도 봤고, 연휴가 3일이나 되니까 푹 쉬다 가면 되지."

"음……. 유우, 엄마가 치사하다고 화낼 것 같은데 어쩔 수 없겠지? 그렇게 할까?"

"신난다!"

유우가 밝게 웃었다.

소라 역시 "와! 그럼 오늘 저녁은 맛있는 거 먹겠다!" 하고 기뻐했다.

그런 두 사람과 반대로 내 얼굴은 딱딱하게 굳었다.

기분이 점점 우울해졌다. 가슴도 답답하게 막혔다.

다음 날.

"다녀오겠습니다……."

"바람이 너무 강해지기 전에 집에 오렴!"

엄마가 당부했다. 사실은 보내기 싫다면서 내키지 않아 했지만, 일찍 돌아오겠다고 설득하자 허락했다.

나는 알겠다고 얌전히 고개를 끄덕이고 플뢰르로 갔다.

어제 집에 오기 전, 소라는 "그럼 내일 봐!"라고 당연하다는 듯이 말했으니까.

프랑스에 가게 되었어도 계획대로 베이킹을 하려나 보다.

하늘은 꾸물꾸물 흐렸다. 당장 비가 내릴 것 같았다.

아직 바람이 약한데, 수분을 듬뿍 머금어서 쌀쌀한 느낌이었다.

뉴스에서는 낮쯤에 이 부근으로 태풍이 접근한다고 했다. 그 전에 집에 가야 한다. 그런 생각을 하며 발걸음을 재촉했다.

하지만 몸이 너무도 무거웠다.

소라가 프랑스에 간다는 생각에 거의 잠을 자지 못했다.

그래도 어쩌면 악몽일지도 모르니까. 악몽이었으면 좋겠다.

그렇게 생각하며 플뢰르에 도착했는데, 가노 씨가 있었다.

가노 씨가 나를 보자 걱정스러운 표정을 지었다.

"소라는 할아버지 댁에 있는데……. 리카, 기운이 없어 보이는구나. 괜찮니?"

괜찮다고 끄덕이며 가게 뒤쪽 할아버지 집으로 가자, 마루에 있는 소라가 보였다.

소라가 나를 보고 "리카, 나 여기 있어!" 하고 손짓했다.

나는 그 옆에 있는 유우를 알아보고 우울해졌다.

아아, 꿈이 아니었구나.

유우가 있으니까 어제 있었던 일도 역시 진짜였겠네.

악몽일지도 모른다는 희망이 금세 산산이 부서졌다.

"……실례하겠습니다."

마루로 가자, 소라가 커다란 캐리어에 산더미 같은 짐을 집어넣는 중이었다.

며칠 분은 되는 옷, 세면도구, 책, 필기도구, 태블릿, 그리고 **최고의 레시피 공책.**

"소라……, 정말 가는구나."

그것도 이렇게나 쉽게.

내 혼잣말을 듣고 소라가 히죽 웃었다.

"연휴 마지막 날에 출발할 거야! 당장 가고 싶어서 몸이 근질거려!"

나는 신난 걸 억누르지 못하는 소라에게 물었다.

"그런데…… 할아버지도 소라도 없으면 플뢰르는 어떻게 해? 가노 씨 혼자 그렇게 오래 가게를 꾸릴 수 있을까?"

역시 나는 어떻게든 소라를 붙잡고 싶었다.

내가 아무리 붙잡아도 이렇게 즐거워하는 소라의 마음이 움직일 것 같지 않지만, 소라가 소중하게 여기는 플뢰르를 언급하면 마음이 바뀔지도 모른다고 믿었다.

소중하고 소중한 가게잖아? 가노 씨 한 명한테 맡길 수 없잖아?

그런데 소라는 놀랄 정도로 담백하게 말했다.

"가노 씨라면 당연히 괜찮지. 가노 씨는 대단하잖아. 할아버지의 조리법, 벌써 거의 다 배웠거든."

소라, 전에는 자기 손으로 플뢰르를 구하고 싶다고 했으면서.

그 중요한 역할을 너무도 쉽게 가노 씨한테 양보하네.

소라가 전혀 다른 사람이 된 것 같아서 나는 너무너무 우울해졌다.

플뢰르 공방에서 같이 만든 **쿠키**나 **팬케이크**, 그리고 **커스터드 크림**을 생각했다.

그렇게 즐거웠는데.

소라는 그 추억도 전부 버리고 떠나는구나……

생각하면 할수록 내가 아무런 가치 없는 사람이 된 것 같았다.

소라와 베이킹을 시작하기 전의 나로 돌아간 기분이었다.

"어라? 혹시……." 하는 소리가 들려 고개를 들었다가 유우와 눈이 마주쳤다.

유우가 나를 관찰하는 것처럼 빤히 보더니, 뭐가 그렇게 재미있는지 키득키득 웃었다.

어라? 왜 웃지?

눈을 동그랗게 뜨는데, 유우가 내가 보는 앞에서 입술을 삐죽이더니 소라 쪽으로 고개를 돌리고 투덜거렸다.

"나도 유학 가고 싶어! 소라만 먼저 가는 건 치사해!"

"그래? 너도 같이 가자! 할아버지한테 부탁해 볼게!"

나는 아무렇지 않게 유우에게도 가자고 하는 소라를 멍하니 바라보았다.

"아빠한테 부탁했는데 너한테 방해되니까 안 된다고 했어……. 치사해. 나도 빨리 요리를 배우고 싶은데! 아빠도 할아버지도 한참 젊었을 때부터 몇 년이나 투자해서 공부했으니까 지금처럼 멋진 셰프와 파티시에가 된 거잖아. 나도 빨리 시작해야 실력이 좋아질 텐데!"

내 머릿속에서 '젊었을 때부터'와 '몇 년이나'라는 말이 빙글빙글 날뛰었다.

소라, 몇 년이라니? 그렇게 오랫동안 프랑스에 있는 거야?

충격으로 머리가 멍해졌다.

그런 내 앞에서 유우는 "뭐, 나도 금방 쫓아갈 거니까!"라며 소라의 등을 팡팡 때렸다.

소라는 어이없다는 듯이 웃으며 "아프거든!" 하고 투덜거렸지만 즐거워 보였다.

두 사람은 '**프랑스에서 공부**'라는 목표로 신난 와중에 나만 완벽하게 혼자였다.

나만 프랑스로 마음을 날려 보내지 못하고 일본에 오도카니 남았다.

나는 지금 내가 여기 있는 이유를 도무지 알 수 없었다.

가슴이 욱신욱신, 뭔가에 찔리는 것처럼 아팠다.

비명을 지르고 싶어서 나도 모르게 눈을 꼭 감았다.

"소라, 나는 집에 갈래……."

어느새 내 입에서 그런 말이 나왔다.

왜냐하면 나는 여기 있고 싶지 않아.

아무도 내가 필요하지 않아. 나는 **방해꾼**일 뿐이야.

힘내라고 했던 유리의 말이 귓가에 아른거렸다. 그래도 유리야, 미안해. 나는 이제 힘내지 못하겠어.

힐끔 유우를 보자, 이겼다는 듯이 의기양양한 표정이었다.

당연하게 소라 옆에 선 유우를 보자 너무 슬퍼서 가슴이 욱신거렸고, 뱃속이 불타는 것처럼 지글지글 뜨거워졌다.

이 아픔과 열기를 더는 참지 못하고 나는 소라와 유우에게서 획 등을 돌렸다.

"어, 왜? 지금 막 왔잖아."

소라가 놀라서 외쳤다.

"미안해."

소라를 보고 있는 힘껏 웃었다. 하지만 틀림없이 울상일 것 같아서 얼른 고개를 돌렸다.

"그래도 유우가 있으니까 괜찮지?"

나는 도망치듯이 소라네 할아버지 집에서 뛰어나왔다.

비가 내리기 시작했는데 우산을 가지고 오지 않았다.

비스듬하게 쏟아지는 굵직한 비가 얼굴을 후드득 때렸다.

"일기 예보, 틀렸잖아. 낮까지는 괜찮다고 했으면서."

조용히 중얼거리면서 집까지 뛰어갔다.

빗물이 눈에 들어갔다.

눈에서 넘쳐흐른 비가 눈물로 바뀌어 뺨을 타고 내려갔다.

내 눈앞에 소라의 웃는 얼굴이 아른거렸다.

그렇지만 내 마음에는 '슬픔' 과 '쓸쓸함' 이 가득했다.

소라 옆에 나란히 유우가 웃고 있었다.

"분하다⋯⋯."

내 입에서 불쑥 튀어나온 말에 깜짝 놀랐다.

뱃속에 고인 열기의 정체를 이제야 알았다.

아아, 나는 지금 분한 거다.

소라가 유우에게는 같이 가자고 했지만 나한테는 그러지 않
았으니까.

소라가 나와의 약속이 아니라 유우와의 약속을 선택했으
니까.

하긴, 나처럼 요리를 잘 모르는 아이한테 프랑스에 가자고

할 리가 없지.

나와 한 약속보다, 요리를 잘하는 유우와의 약속이 당연히 더 소중하다.

혹시 내가 유우처럼 귀여웠으면 좀 달랐을까?

유우처럼 고집을 마구 부릴 수 있으면 달랐을까?

유우가 부럽다.

아아, 나는.

유우처럼 되고 싶어.

왜냐하면 소라 옆에 있고 싶으니까.

나는 소라를 좋아하니까.

그걸 깨달은 순간, 비가 아니라 눈물이 펑펑 흘러내렸다.

집에 도착해도 눈물이 도무지 그치지 않았다.

아아……, 아빠랑 엄마, 나를 보면 걱정하시겠다.

나는 현관문을 열자마자 말했다.

"다녀왔어요! 나 실험실에서 작업 좀 할게요!"

나는 걱정시키지 않으려고 최대한 밝게 외치고 실험실에 틀어박혔다.

7. 소라에게 품은 마음

실험실 창문을, 벽을, 지붕을 빗줄기가 때렸다.

실험실은 조립식 건물이라 벽이 얇아서 사방에서 빗소리가 들렸다.

바람이 점점 강해지는 것 같다.

지금 태풍이 어디쯤 왔을까?

아침에 멍하니 텔레비전을 봤을 때, 간사이 지방은 폭풍권에서 벗어났다고 했다.

태풍의 속도가 자동차와 비슷하다고 들은 적 있는데…… 차라리 계속 태풍이었으면 좋겠다.

그러면 비행기가 날지 못하니까.

자꾸 그런 생각만 들었다.

소라를 붙잡기 위해 태풍을 붙잡고 싶었다.

말도 안 되는 소리인 줄 알면서도.

한동안 무릎을 안고 얼굴을 파묻고 있었는데, 뚝뚝뚝 들리던 빗소리에 섞여 똑똑똑, 뭔가 두드리는 소리가 났다.

응?

귀를 기울였는데, 소리는 금방 사라졌다.

잘못 들은 거겠지?

소라가 처음 여기에 왔을 때가 생각났다.

곤충을 좋아하다니 남자애 같다는 말을 듣고 상처받아서 사실은 과학을 좋아하면서 싫어한다고 주장했다.

나에게 과학을 좋아하는 마음을 다시 떠올리게 해 준 사람이 바로 소라다.

그런데 나는 소라 앞에서 베이킹을 좋아하는 건 여자애 같다는 소리를 했다.

그런 말을 들으면 얼마나 가슴이 아픈지 잘 알고 있었으면서.

소라가 나를 싫어할 테니까 실험실로 도망쳤다.

그때.

나는 내가 너무너무 싫었다.

주변이 새까맣게 물들어서 어디로도 가지 못할 것 같은 기분이었다.

그래도 소라가 창문에 고개를 불쑥 내밀었다.

천장 가까이에 난 창문에서 이쪽을 내려다보던 소라의 얼굴이 눈앞에 선명하게 되살아났다.

그때 소라는 꼭 태양처럼 눈이 부셨다.

"리카, 당당해도 돼."

내가 한 말에 큰 상처를 받았을 텐데, 소라는 화내지 않고 말했다.

나에게 자신감을 나눠 주었다. 소라 덕분에 나는 다시 일어났다.

소라는 언제나 그랬다.

내가 머뭇머뭇 망설이면 반드시 손을 잡고 끌어 주었다.

나보다 컸던 소라의 손이 생각나자 가슴이 욱신욱신 아팠다.

이건 때때로 나를 고민하게 하는 통증이었다.

그때 나는 깨달았다.

아아, 그렇구나.

나는…… 그때, 소라가 이 실험실에 나를 데리고 와 준 그때부터.

소라를 좋아했어.

하지만.

하지만 이제 소라는 내 손을 잡고 끌어 주지 않는다. 앞으로 소라의 손은 유우의 손을 끌어 주겠지.

또 눈물이 날 것 같아서 무릎에 얼굴을 파묻으려고 했는데, 천장 가까운 위치에 있는 창문이 벌컥 열렸다.

나는 깜짝 놀랐다.

왜냐하면 그때처럼 창문으로 소라가 고개를 들이밀었으니까.

어, 어라? 이거 꿈이나 환상인가?

"어, 어, 어째서?"

나도 모르게 중얼거리자, 소라가 발끈해서 외쳤다.

"어째서는 뭐가 어째서야! 갑자기 집에 간다고 했잖아! 그것도 울 것 같은 얼굴로!"

어어어, 소라가 화냈어!

놀란 나는 뒤로 물러나다가 테이블에 머리를 쾅 박았다.

으악, 아프다!

그렇다면!

"꿈도 아니고 환상도 아니야?"

내가 그렇게 중얼거리는데, 소라가 창문으로 몸을 들이밀어 획 뛰어내렸다. 멋지게 착지했다.

소라는 머리카락에서 빗방울을 뚝뚝 흘리며 나를 매섭게 노려보았다.

으앗, 소라 무지무지 화났나 봐…….

"아까 대체 왜 그랬는데! 그리고…… 너 왜 울어?"

"……."

하고 싶은 말은 너무 많았다.

그런데 가슴이 꽉 차서 아무 말도 할 수 없었다.

소라가 어쩔 줄 모르는 얼굴로 잠깐 입을 다물더니, 곧 다정한 목소리로 말했다.

"나한테 말해 봐. 들어 줄게. 우리는 콤비잖아?"

콤비.

그래, 우리는 최강 콤비다.

나는 속으로 생각했다. 유우처럼 '특별' 하지 않더라도 나는 소라의 좋은 파트너다.

그러면…… 내 부탁을 들어줄지도 모른다.

내 마음을 들여다보았다.

지금 가장 강렬하게 바라는 소망을 끌어내, 용기를 긁어모아 말했다.

"소라…… 프랑스에 가지 마."

"뭐?"

제발 전해졌으면. 내 소망이.

애타게 바라보는데, 소라가 놀란 표정을 지었다. 그러더니 조금 머뭇거리며 "으음." 하고 신음했다.

"그것만큼은…… 리카, 네 부탁을 들어주지 못할 거야. 이런 기회를 놓치고 싶지 않아. 나는 '환상의 디저트'를 꼭 만들고 싶거든."

소라가 나와 가만히 시선을 맞췄다.

"리카는 내 마음을 이해할 줄 알았는데……."

기대에 어긋났다는 소리를 들은 것 같아서 가슴이 아팠다.

동시에 머릿속에 유우가 반짝 떠올랐다.

유우라면 뭐라고 말할지 생각했다.

"그럼…… 나도 프랑스에 같이 가고 싶어."

어떻게든 말하자, 소라가 놀라서 눈을 크게 떴다.

그러더니 소라는 바로 말했다.

"아니, 그건 불가능하지. 여권도 필요하고 항공권도 엄청 비싼데……."

하지만 소라, 유우한테는 같이 가자고 했잖아.

역시 나는 안 되는 거야?

머릿속이 새까만 감정으로 질척질척해졌다.

"응? 돌아와서 같이 베이킹을 할 수 있잖아?"

소라가 나를 달랬지만, 나는 그런 말은 이제 필요 없었다.

왜냐하면 지금 나는 내 마음을 모조리 긁어모아서 부탁했으니까.

하지만…… 역시 내 부탁으로는 소라를 붙잡을 수 없었다.

소라에게 나는 그 정도로 **중요하지 않은 존재**구나.

최강 콤비라고 했으면서.

다 거짓말이야.

너무 슬퍼져서 나는 안고 있던 무릎에 다시 얼굴을 묻었다.

8. 추억의 팬케이크

"리카. 리카야? 왜 그래?"

소라의 어쩔 줄 모르는 목소리가 빗소리에 섞여 들렸다.

나는 도저히 고개를 들 수 없었다.

우는 얼굴을 보여 주기 싫었다.

뭐 이런 녀석이 다 있냐고 생각할 테니까.

모처럼 소라는 힘을 주려고 왔는데, 전혀 힘이 나지 않았다.

나, 진짜 귀찮은 아이다.

그러니까 소라, 나 말고 유우랑 같이 베이킹을 해.

우울한 생각은 하기 싫은데 자꾸만 이런 감정이 솟구쳤다.

아아, 내가 너무 싫다.

그러니까 소라, 나를 보지 말아 줘.

"……소라, 그만 집에 가는 게 좋겠어."

입에서 한심하고 못된 말이 나왔다.

"뭐?"

"나 같은 아이랑 있는 것보다 유우랑 있는 게 더 재미있을 거야."

"나 같은 아이? 그게 무슨 소리야?"

소라의 목소리에 짜증이 섞였다.

말투가 거칠어서 몸이 움찔 떨렸다.

"리카? 소라? 거기 있니?"

그때 밖에서 엄마 목소리가 들려서 나는 무릎에서 고개를 들었다.

급하게 눈물을 닦고 문을 열었다.

바람과 잎사귀가 실험실 안으로 훅 들어오더니 빙글빙글 소용돌이쳤다.

엄마가 깜짝 놀라서 외쳤다.

"아니, 둘 다 흠뻑 젖었잖니!"

엄마가 허둥거리며 에어컨을 난방으로 돌렸다.

그러고 나서 급하게 집으로 돌아가 커다란 수건을 두 장 가지고 왔다.

엄마는 소라에게 수건을 건네고 심각하게 말했다.

"소라야, 조금 전부터 이 주변이 강풍권에 들어갔대. 바람이 약해질 때까지 여기 있는 게 좋겠어."

어?

나도 모르게 잔뜩 긴장했다.

소라가 지금 집에 가지 못한다고?

그러면 어색한 분위기가 이어지겠네?

나는 허둥거렸다.

엄마는 그런 나를 알아차리지 못하고 말했다.

"지금 나가면 위험하니까 어려워하지 말고 있으렴. 집에 전화해 둘게."

"고맙습니다. 한동안 여기 있을게요."

내가 뭐라고 말하기 전에 소라가 예의 바르게 고개를 숙이고 대답했다.

으아, 결정된 거야?

어쩌지……

"여기 있을래? 집으로 들어올래? 설마 여기가 바람에 날아가는 일은 없겠지만…… 젖었으니까 집에서 옷을 갈아입는 게 좋겠어. 배가 고프진 않니? 점심은 어떻게 할래?"

엄마가 내게도 수건을 건네고 걱정스럽게 말했다.

소라가 나를 힐끔 봤다.

어딘지 염려하는 눈빛이어서 나는 두근거렸다.

"아니에요, 여기 있을게요. 옷도 그렇게 젖지 않았고요. 아, 그렇지. 모처럼 왔으니까 우리가 먹을 건 우리가 직접 만들고 싶어요! 어때, 리카?"

소라가 발랄하게 웃었다.

음, 지금 싫다고 말하면 엄마가 무슨 사정인지 물어보겠지…….

그렇게 판단한 나는 억지로 웃으며 고개를 끄덕였다.

"그럴래? 그럼 필요한 게 있으면 가져다줄게."

"어어, 그럼……."

소라가 **달걀**과 **우유**와 **밀가루**와 **설탕**, **베이킹파우더**를 말했다.

또 조리 도구도 빌려 달라고 예의 바르게 부탁했다.

엄마가 집으로 가서 금방 재료를 가지고 왔다.

"무슨 일이 있으면 바로 엄마한테 말하러 와. 또 바람이 너무 강해진다 싶으면 데리러 올게."

그리고 단단히 당부하고 다시 집으로 갔다.

엄마가 떠나자, 실험실에는 다시 빗소리만 들렸다.

나는 소라를 보지 않고 고개를 푹 숙였다.

우리 사이에 이렇게 무거운 침묵이 흐르는 건 처음이다.

끙, 무슨 말을 해야 하지?

답답해서 한숨을 쉬는데, 소라가 갑자기 "좋아, 그럼 해 볼까!" 하고 벌떡 일어났다.

소라가 밀가루를 계량해 볼에 척척 넣었다.

하던 이야기를 계속할 줄 알아서 나는 놀랐다.

어라, 뭘 만들 생각이지?

나는 말없이 소라의 작업을 지켜보았다.

나도 도와줘야 할까?

그렇게 생각하며 소라를 보는데, 소라가 "내가 할 테니까 리카, 너는 거기 앉아서 지켜봐."라며 둥근 의자를 가리켰다.

나는 시키는 대로 둥근 의자에 앉았다.

소라는 달걀 3개를 집었다.

노른자와 흰자를 따로따로 볼에 나누고 흰자만 냉동실에 넣었다.

이어서 설탕과 노른자를 잘 저어서 섞어 주고.

어, 이거 그거네? 내가 알아차렸을 때였다.

"이제 **달걀물 '에' 우유 '를'** 이지."

소라가 그렇게 중얼거리며 달걀에 우유를 조금씩 넣었다. 냄비를 가스레인지에 올리고 불을 켜서 걸쭉해질 때까지 힘차게 저었다.

아, 이거…… **커스터드 크림**이다!

전에 만들었을 때보다 훨씬 크림이 매끄러웠고, 반질반질 윤기가 나며 걸쭉했다.

달콤한 냄새가 나서 나도 모르게 침을 꿀꺽 삼켰다.

"전에는 달걀국 같았는데 이제 나 되게 잘하지?"

내가 고개를 끄덕이자, 소라가 기쁜 듯이 피식 웃었다.

커스터드 크림을 다 만들자, 이번에는 볼에 달걀과 우유를 넣어서 잘 섞었다.

또 밀가루와 설탕, 베이킹파우더도 넣고 가루가 사라질 때까지 가볍게 저어 주었다.

"그리고 여기에 달걀흰자를 넣을 거야. 흰자만 남지 않도록 **특별한 기술**을 생각해 냈지."

특별한 기술?

소라는 커스터드 크림을 만들 때 나눠 두었던 달걀흰자를 냉동실에서 꺼내 서걱서걱 소리를 내며 거품을 내기 시작했다.

아.

나는 알아차렸다. **마시멜로** 때 만들었던 하얀 거품이다!

전에 거품을 낼 때는 팔이 아픈 티를 냈다. 그런데 이제는 괜찮은 것 같았다.

나는 놀라서 바라보았다.

"이거 머랭이라고 해. 매일 머랭 치는 연습을 했으니까 이 정도쯤은 쉽게 할 수 있어. 할아버지도 가끔 나한테 도우라고 시킨다?"

소라가 의기양양하게 말하더니, 이쯤은 거뜬하다는 표정으로 계속 거품을 냈다.

잠시 후, 아주 촘촘한 머랭이 만들어졌다.

이제부터 뭘 하려고? 마시멜로를 만드나? 그런데 소라는 밀가루가 들어 있던 볼에 그 머랭을 넣고 가볍게 섞더니, 기름을 둘러 달군 프라이팬에 폭신폭신한 반죽을 동그랗게 흘려 넣고 뚜껑을 닫았다.

솜씨가 모든 면에서 훨씬 더 좋아졌다.

처음에 쿠키를 만들었을 때가 생각났다. 그때와 비교도 안 되게 좋아진 실력을 보며 나는 놀랐다.

소라는 대체 얼마나 연습했을까?

실험실을 좋은 냄새로 가득 채우면서 폭신폭신한 반죽이 두툼하게 부풀었다.

"여기에 추가로 반죽을 얹어."

소라가 부푼 반죽 위에 또 반죽을 얹고 다시 뚜껑을 닫았다.

뭐가 만들어질지 기대되어서 점점 두근거렸다.

어느 정도 시간이 지나자 소라가 "거의 다 됐겠다."라며 뒤집으려고 프라이팬을 잡았다. 15센티미터 정도 되는 동그란 반죽을 아주 멋지게 뒤집었다.

노릇노릇 색도 예쁘게 잘 구워졌다.

아, 이거.

나는 우울했던 것도 잊고 눈을 크게 떴다.

팬케이크!

게다가 전에 만들었던 팬케이크보다 두 배쯤 두툼했다. 딱 보기에도 폭신했다.

남은 달걀흰자를 이렇게 활용할 수 있구나!

"대단해……!"

나도 모르게 중얼거리고서 퍼뜩 놀랐는데, 소라가 히죽 웃었다.

"그렇지? 남은 흰자로 특별한 팬케이크를 만들 수 있어!"

소라가 의기양양하게 말하더니 접시에 갓 구운 폭신폭신한 팬케이크를 얹었다.

만들어 둔 커스터드 크림도 넉넉하게 팬케이크 옆에 담았다.

"자! 이거 먹으면 틀림없이 기운이 날 거야!"

아, 소라는 나를 기운 차리게 하고 싶었구나……!

나는 집에 가는 게 좋겠다는 소리나 했는데.

소라가 너무 다정하니까 괜히 더 가슴이 답답했다.

못되게 군 나는 이런 대접을 받을 자격이 없을 테니까.

"따끈따끈할 때 먹어!"

소라가 하도 재촉해서 한 입 먹었다.

팬케이크는 식감이 아주 가벼워서 입에 넣자마자 사르르 녹는 것 같았다.

전에 만든 팬케이크보다 몇 배는 맛있었다. 마치 전혀 다른 디저트 같아서 놀랐다.

프로가 만들었다고 해도 믿을 솜씨다!

"맛있어······!"

소라의 얼굴이 반짝 빛났다.

"그렇지? 나는 더 열심히 배워서 더 맛있는 케이크를 만들고 싶어. 플뢰르에 온 모두가 기뻐하도록!"

소라가 가슴을 활짝 폈다.

"그러니까 나는 프랑스에 다녀올게."

소라가 더없이 진지한 눈빛으로 나를 바라보았다.

나를 이해해 줄 거지?

소라가 그렇게 말한 것 같았다. 나는 가슴에 느껴지는 날카로운 통증을 꾹 참고 고개를 끄덕였다.

"그러게. 너라면 틀림없이 일류 파티시에가 될 수 있어."

하지만 일류가 되는 건 소라만이다. 나를 여기에 두고 간다.

맛있는데 눈물이 날 것 같았다.

도저히 "잘 다녀와."라고 말할 수 없었다.

그래도 나는 이해해 달라는 소라의 마음에 응해 주고 싶었다.

팬케이크를 눈물과 함께 삼키며 어떻게든 웃었다.

9. 태풍이 지나간 뒤

팬케이크를 먹고 정리를 마칠 즈음, 밖에서 불던 바람도 서서히 잔잔해졌다.

"음, 이제 괜찮은 것 같다. 나 슬슬 돌아갈게."

소라의 말에 나는 웃으며 고개를 끄덕였다. 얼굴이 딱딱해지지 않게 최대한 노력했다.

소라는 나를 보고 안심했는지, 평소처럼 태양 같은 환한 미소를 지었다.

"그럼 내일 봐!"

비도 그쳤고, 서쪽을 보자 구름 사이로 파란 하늘이 드문드문 보였다.

문 앞까지 나와 집에 가는 소라를 배웅했다.

"어, 리카."

익숙한 목소리가 들려서 고개를 돌렸다.

키가 큰 남자가 서 있었다.

털털하게 후드티에 청바지를 입어서 대학생 정도로 보였다.

그래도 부드러운 머리카락과 다정한 미소는 분명 아는 사람이었다.

"어, 어? 가노 씨? 어떻게 된 거예요?"

가게 유니폼이 아닌 차림을 오랜만에 봐서 순간 누군지 몰랐다.

"오후부터 가게를 쉬기로 했거든. 드디어 비바람도 그쳤으니까 뭐 좀 사러 나왔어."

아하, 가노 씨는 이 근처에 사는구나.

"무슨 일 있었니?"

가노 씨가 갑자기 물어서 놀랐다.

고개를 들자, 가노 씨가 걱정스럽게 나를 바라보았다.

"네?"

"어제부터 표정이 우울해 보였거든."

가노 씨의 다정한 마음이 전해져서 코가 시큰해졌다.

쓸쓸하고 슬프고 갈 곳 없는 마음이 입에서 흘러나왔다.

"소라는 내가 없어도 아무렇지 않은 것 같아서요……."

"혹시 프랑스에 가는 것 때문에 그러니?"

어, 지금 한 말로 어떻게 알았을까?

내가 고개를 끄덕이자, 가노 씨가 의외라는 듯이 눈을 크게 떴다.

"그렇게 헤어지는 게 싫어?"

울고 싶어져서 나는 고개를 끄덕였다. 나는 소라와 헤어지기 싫었다.

가노 씨가 짧게 한숨을 쉬더니 문 앞 계단에 앉았다.

나도 그 옆에 나란히 앉자, "내가 어렸을 때 일인데." 하고 가노 씨가 이야기를 시작했다.

"네?"

갑자기 무슨 이야기지? 의아했는데 가노 씨가 들어 달라는 듯이 웃었다.

"나는 소라처럼 할아버지에게 베이킹을 배웠어. 우리 할아버지는 참 꼬장꼬장하고 타고난 장인이었지. 셰프와 아주 비슷한 분이었어. 그래도 할아버지가 만드는 디저트는 정말 맛있었어. 할아버지는 내 자랑이었어."

신기하게도 이야기에 푹 빠져들었다.

그러다가 가노 씨에 관해서 아무것도 모른다는 생각이 들었다.

"매일매일 열심히 노력하고 또 노력했어. 디저트를 먹은 사람이 기뻐해 주면 아무리 힘들어도 다 잊을 수 있었지. 맛있다는 말을 들을 수 있다면 얼마든지 노력할 수 있었어. 베이킹이 얼마나 즐거웠는지 몰라."

가노 씨의 이야기를 들으며 조금 전 소라를 생각했다.

소라도 그랬다.

매일 쉬지 않고 열심히 노력하는데, 그걸 전혀 고생이라고 생각하지 않는다. 즐거워서 어쩔 줄 모르는 것 같다.

그러니까 그렇게 솜씨가 좋아졌겠지.

"먹은 사람이 기뻐해 준다……?"

소라도 그런 소리를 했었다.

플뢰르에 온 모두가 기뻐하도록, 이라고 말했다.

소라와 가노 씨, 사실은 많이 닮았구나.

어려서부터 베이킹을 좋아했고 또 할아버지를 좋아한다.

그러니까 가노 씨는 소라의 마음을 이해할지도 모른다.

그런 생각을 하는데, 가노 씨가 어딘지 아득한 눈빛을 지으며 웃었다.

"우리 할아버지가 늘 말씀하셨어. 사람들이 먹고 행복을 느끼는 디저트를 만들고 싶다고. 우리 할아버지, 손님들이 더 기뻐하는 얼굴을 보고 싶어서 프랑스에 유학하러 갔었어. '세계에 단 하나뿐인 전설의 디저트 레시피'를 얻으려고."

'세계에 단 하나뿐인 전설의 디저트 레시피'라고……?

"하지만 열심히 노력한 끝에 마침내 레시피를 배우기 직전, **다른 사람에게 빼앗기고 말았어.** 그래도…… 할아버지는 포기하지 못했지. 마지막까지 그 레시피를 아쉬워하셨어. 그러니까 나는 언젠가 할아버지의 바람을 이뤄 드리고 싶어. **내가 이 손으로 '전설의 디저트'를 만들 거야. 그게 내 소원이야.**"

가노 씨의 왼쪽 뺨은 석양을 받아 밝았다.

그런데 오른쪽 뺨에는 짙은 그림자가 드리웠다.

두 개의 얼굴이 꼭 다른 사람처럼 보여서 나는 조금 무서웠다.

"가노 씨?"

가노 씨가 번쩍 고개를 들었다. 오른쪽 그림자가 흐려져서 평소의 가노 씨 모습이 돌아왔다.

나는 안심했다.

그래도 가노 씨의 그늘진 표정이 눈에 깊이 새겨졌다. 또 '전설의 디저트'라는 말은 귀에 새겨졌다. 가슴이 술렁거리는 불안감이 완전히 사라지지 않았다.

이 사람, 정말 내가 아는 가노 씨가 맞을까?

확인하려고 빤히 바라보는데, 가노 씨가 쑥스럽게 웃었다.

"음, 이야기가 좀 딴 데로 샜는데, 내가 하고 싶은 말은 말은…… 리카도 정말 좋아하는 일로 머릿속이 꽉 찰 때가 있지 않니?"

그 말을 듣고 나는 깜짝 놀랐다.

그건 항상 그럴지도 몰라…….

나는 언제나 과학으로 머리가 꽉 찼다!

곤충이라면 하루 내내 잡으러 다닐 수 있고, 실험은 아무리 해도 질리지 않는다.

나 역시 지구 반대편에서 엄청난 곤충을 볼 기회가 있다고 하면 틀림없이 가고 싶을 거다.

나를 대입해서 생각했더니 갑자기 소라의 마음을 이해할 수 있었다.

그래…… 그러네.

'환상의 디저트'를 만드는 것이 소라의 꿈이다. 드디어 만들 수 있는 때가 왔다.

그렇다면 무엇을 희생하더라도 당연히 가고 싶을 것이다.

앞으로도 같이 베이킹하고 싶으니까 가지 말라니. 내가 이렇게 제멋대로 굴며 소라의 발목을 붙잡고 늘어지면 안 된다.

소라가 좋아하는 일을 응원해 줘야지.

"소라의 꿈을 위해 잘 다녀오라고 할 수 있겠니?"

가노 씨가 다정하게 물었다.

다정하게 달래 주는 미소가 상처투성이인 내 마음에 스며들었다. 외로워서 굳어진 마음이 점점 부드럽게 녹았다.

그러자 진심으로 소라의 꿈을 응원할 수 있을 것 같았다.

말할 수 있을 거야. 잘 다녀오라고.

"가노 씨, 고맙습니다. 저, 웃으면서 소라를 보낼 수 있게 힘낼게요!"

10. 마지막 베이킹

다음 날은 3일 연휴의 중간 날이다.

뉴스에서 태풍이 간토 지역 남부를 가로질러 태평양으로 빠져나갔다고 했다.

이번 태풍은 상당히 셌는지, 태풍 동쪽에 들어간 곳은 지붕이 날아가고 전봇대가 부러져서 큰 피해가 생긴 것 같다.

다행히 이 근처는 큰 피해가 없었지만, 어디선가 날아온 쓰레기나 잎 따위로 마당과 집 앞 도로가 엉망이었다.

"이웃 시는 태풍 피해가 큰가 봐. 넓은 범위에서 정전이 발생했다네."

"농작물도 걱정이야."

아빠와 엄마가 쓰레기를 주우며 말했다.

나도 빗자루로 잎사귀를 쓸며 도왔다.

다 같이 힘을 모아 어떻게든 청소를 마치고 점심을 먹은 뒤, 나는 집에서 나왔다.

목적지는 플뢰르다.

어제 내가 너무 못되게 굴었으니까.

사과하고, 잘 다녀오라고 제대로 인사해야 한다.

나쁜 소리만 하고 헤어지는 건 싫었다.

언젠가 소라가 돌아왔을 때, 또 같이 베이킹하고 싶으니까.

플뢰르에 도착한 나는 가게 문을 열었다.

플뢰르는 강풍이 그치자 찾아온 손님으로 아주 붐볐다.

손님을 상대하던 가노 씨가 나를 보고 조금 미안한 표정을 지었다.

"아, 리카. 미안하다, 지금 좀 바쁘니까 뒤로 가 줄래? 소라는 지금 할아버지 집에 있어."

아하, 그렇구나. 손님이 많으니까 나는 방해된다.

나는 가게 뒤쪽 할아버지 집으로 갔다.

할아버지 집 현관에서 신발을 벗다가 퍼뜩 깨달았다.

유우가 여기에서 잔 것이 이제야 생각났다.

어제 도망치듯이 집에 왔으니까 역시 만나기는 좀 무섭다.

또 나오기 직전 봤던, 자기가 이겼다는 듯한 표정이 생각나서 너무 싫었고, 분하다는 감정과 부럽다는 감정이 가슴을 뒤덮어 뭐가 뭔지 모르겠다.

나는 이제 그런 사람이 되기 싫은데.

못된 말만 하는 어제까지의 나는 싫다.

복도를 천천히 걸어가자, 소라가 마루에서 기다리고 있었다.

"리카!"

소라는 기뻐하며 환하게 웃었다.

나는 조심스럽게 마루로 들어가 눈을 깜박이며 안을 둘러보았다.

어라……? 유우는?

의아했는데, 소라가 말했다.

"유우는 위에서 아직 자. 걔 진짜 늦잠꾸러기거든. 어제는 밤늦게까지 깨어 있었으니까 그냥 두면 계속 잘 거야."

소라가 쓴웃음을 지으며 말했다.

엇, 하고 시계를 봤다. 벌써 12시가 지났는데?

아, 그래도 유우가 없으니까.

말한다면 지금이다!

나는 마음 먹고 말했다.

"소라, 어제는 미안했어……. 너무 갑작스럽게 프랑스에 간다고 해서 너무 놀랐어."

소라가 차분하게 고개를 끄덕였다.

화나지 않았다고 말해 주는 것 같았다.

"기운이 났어?"

"응. 특별한 팬케이크 만들어 줘서 고마워. 맛있었어."

완전히 기운이 났다고 하긴 어렵지만 최선을 다해 웃었다.

어제 가노 씨와 대화하면서 마음먹었다.

소라가 걱정하는 일은 만들지 않겠다. 소라가 웃으며 프랑스에 가기를 바란다.

내일까지 일본에 있으니까 밝게 웃으며 보내겠다고 간절히 다짐했다.

그래, 잘 다녀오라고 말해야지.

나는 배에 더욱 힘을 줬다.

"저, 저기, 소라야."

그때, 현관문이 열리는 소리가 났다.

깜짝 놀라 복도로 고개를 내밀자, 깃페이가 상자를 안고 현관으로 들어오고 있었다.

어라? 깃페이네? 무슨 일이지?

소라도 깃페이를 보고 놀라서 눈을 크게 떴다.

곧 걱정스럽게 물었다.

"깃페이? 웬일이야. 무슨 일 있어?"

"가게 쪽으로 갔더니 네가 여기 있다고 해서."

깃페이가 으라차차, 하고 커다란 상자를 내려놓았다.

테이프를 벗겨 상자를 활짝 열었다.

안에는 새빨갛고 윤기가 흘러서 맛있어 보이는 사과가 가득했다!

"이거 뭐야? 아."

그러고 보니 생각났다.

깃페이, 그저께 할아버지가 사과 과수원을 하시니까 도우러 간다고 했다.

"이거 할아버지 과수원의 사과야?"

내가 묻자, 깃페이가 울상을 짓고 말했다.

"할아버지 과수원, 어제 태풍으로 사과가 다 떨어졌어. 수확 직전이었는데. 이거 떨어진 사과의 일부야."

"엇······."

깃페이가 사과를 꺼내 한 바퀴 돌리더니 한 지점을 가리켰다.

"이거 봐."

아주 작게 상처가 났다.

"이게 왜?"

"작은 상처 하나 때문에 이 사과는 팔지 못해."

깃페이의 말에 놀랐다.

아니, 그게 정말이야?

"말도 안 돼! 엄청 맛있어 보이는데!"

소라도 외쳤다.

"그러니까! 맛은 진짜 좋아! 그런데 상처 하나만 나도 가격이 내려가. 게다가 우리 할아버지 과수원, 사과 수확 체험을 할 수 있는데, 이렇게 떨어진 사과는 그냥 버릴 수밖에 없대⋯⋯. 할아버지가 그랬어."

깃페이는 눈물을 글썽였다.

"버린다는 사과를 보니까 뭔가 하고 싶어졌어. 왜냐하면 나도 사과를 열심히 키웠단 말이야. 봄에는 비료를 나르고 종이봉투도 씌워 줬어! 여름에는 과수원 잡초를 뽑고, 기분 나쁘지만 꾹 참고 벌레도 잡았어! 매년 사과를 수확하는 게 내 기쁨이었단 말이야!"

깃페이가 이렇게까지 노력했을 줄은 전혀 몰랐다.

그래. **이렇게 소중한 사과를 버리다니 너무하잖아!**

어떻게든 해 주고 싶었다.

하지만⋯⋯ 뭘 어떻게 해야 하지?

"깃페이, 떨어진 사과가 얼마나 돼?"

"음⋯⋯. 적어도 **이 정도 크기의 상자로 50개 정도**는 있을 거야."

그, 그렇게 많아?

자연히 얼굴이 창백해졌다.

엄마에게 부탁해서 사 달라고 할까?

하지만 그렇게 많은 사과, 우리 가족은 다 못 먹는다.

반 친구들에게 도와 달라고 하면? 하지만 상자 50개라면, 한 사람이 하나씩 사도 남을 텐데…….

고민하는데, 소라가 손뼉을 짝 쳤다.

"알았어. 나, 할아버지한테 부탁해 볼게."

"어?"

할아버지에게 사 달라고 하려고?

하지만 먹을 수 있는 양에는 한계가 있지 않을까?

어떻게 할 생각이지? 어리둥절했는데, 소라가 히죽 웃었다.

"디저트를 만들 때 쓰면 상처가 조금쯤 있어도 상관없잖아? 게다가 플뢰르에서 팔면 인기 있지 않을까? 인기 있는 디저트를 만들면 50상자도 금방 쓸 수 있어!"

와아! 디저트로 만든다고? 그거 정말 좋은 아이디어다!

소라가 공방에 있는 할아버지에게 가더니 지금 떠올린 아이디어를 다급하게 말했다.

할아버지는 이야기를 듣는 내내 말이 없었는데, 깃페이가 가지고 온 사과를 두 개 집어 들었다.

"맛을 봐도 되겠니?"

그렇게 허락을 구하고 잘라서 한 조각씩 먹었다.

눈을 감고 조용히 사과를 맛보는 할아버지.

그 모습이 실력 대단한 장인처럼 보여서 나는 왠지 두근거렸다.

"이건 **산미**가 있구나. 또 이건 **수분**이 많아."

"두 종류가 있거든요."

깃페이가 진지한 표정으로 사과 종류의 이름을 댔다.

아하, 종류가 다르구나.

사과를 살펴봤지만, 겉으로는 큰 차이를 모르겠다.

"깃페이, 대단하다. 종류를 구분할 수 있구나?"

"그야 어려서부터 잔뜩 먹었으니까."

"깃페이, 너는 사과 전문가구나."

할아버지가 감탄한 듯이 말하자, 깃페이가 자랑스러운지 손가락으로 코 밑을 비볐다.

"음, 맛은 좋아……. 하지만 말이다."

할아버지의 표정이 갑자기 복잡해졌다.

"사실 우리는 사과를 다루지 않거든."

"네?"

나는 깜짝 놀랐다.

얼른 가게 쪽을 쭉 살폈다.

진열장 안에 뭐가 들었는지 곰곰이 떠올리고서야 깨달았다.

플뢰르의 모든 디저트를 먹었다고 자랑한 아빠도 사과 디저트를 사 온 적이 없다!

"그러고 보니."

소라의 눈도 휘둥그레졌다.

그런데 이상하다.

애플파이는 어느 가게에나 있는 일반적인 상품 아닌가?

왜지? 궁금했는데, 할아버지가 어딘지 그리운 표정으로 사과를 보고 있었다.

그때 소라가 흥분해서 말했다.

"그러면요, **우리가 신상품을 만들면 되죠!**"

신상품이라고?

"마침 오늘은 새로운 디저트를 만들 생각이었어요!"

우아아, 그거 좋은 아이디어다!

"그러면 괜찮죠? 할아버지!"

그런데 할아버지의 표정은 여전히 심각했다.

"음……. 하지만 나는 디저트, 특히 사과 디저트에는 추억이 있어서. 어디에서나 파는 흔한 디저트를 플뢰르에서 팔 순없구나."

우리는 얼굴을 마주 보았다.

할아버지에게 인정받는 것은 **너무도 어려운 임무**다. 그래도 지금은 해 볼 수밖에 없다.

"아주 특별한 디저트를 만들게요."

소라가 대표로 말하고 우리는 허둥거리며 "부탁드립니다!" 하고 고개를 숙였다. 할아버지는 우리 고집에 꺾였다.

"알겠다. **내가 인정할 만큼 맛있는 디저트를 만들 수 있다면 사과 구매를 생각해 보마.** 깃페이, 그러면 되겠니?"

깃페이의 표정에 힘이 들어갔다. 무슨 일이 있어도 해내겠다는 표정이다.

"네! 잘 부탁드립니다!"

기쁨이 벅차올랐다.

와! 신난다! 소라랑 베이킹할 수 있어!

그러나 동시에 생각했다.

내일 소라는 프랑스에 간다. 그러니까 이번이 **소라와 할 수 있는 마지막 실험**이다.

마지막이라고 생각하자 가슴이 또 아파졌다. 가지 말라고 외치고 싶었다.

그래도 가게를 힐끔 보니까 손님을 상대하는 사이사이 가노

씨가 이쪽을 살피고 있었다.

가노 씨가 다정하게 나를 바라보았다.

그래. "잘 다녀와"라고 말하려고 여기 왔잖아.

"신상품…… 열심히 만들자."

이번 임무에 성공한 뒤에 진심으로 웃으며 "잘 다녀와."라고 말하겠어.

소라는 힘차게 고개를 끄덕이고, 태양처럼 웃었다.

마지막 실험, 평생의 추억이 되도록 열심히 해야지.

내가 소라에게 어제 울기나 했던 얼굴로 기억되는 건 싫으니까!

나는 배에 힘을 주고 있는 힘껏 환하게 웃었다.

11. 도와줄 사람 등장

깃페이가 가지고 온 사과는 상자 하나에 20개나 들어 있었다.

그나저나 깃페이는 진짜 힘이 세다! 이렇게 무거운 상자를 혼자 들고 오다니.

시험 삼아 들어 보려고 했는데 꿈쩍도 안 했다.

소라도 들 때 조금 힘들어 보였다.

상자 안에 담긴 사과 중에 상처가 큰 것도 있는데, 그 주변이 갈색으로 변하기 시작했다.

으아, 이건 빨리 먹지 않으면 썩어 버릴 거야.

우리는 복잡한 표정으로 사과를 노려보았다.

"여기 있는 것만 20개네. 깎는 데만도 시간이 꽤 걸리겠어."

깃페이가 말했다.

"그렇지, 일단 시간이 없어. 그냥 만든다고 되는 게 아니라 할아버지의 인정도 받아야 하니까 무지무지 어렵겠다."

소라가 끙 신음했다.

나도 동의했다.

전에 쿠키와 팬케이크도 쉽게 합격을 받지 못했다. 하루 만에 할아버지의 인정을 받을 수 있을까? 아무리 생각해도 쉽지 않았다.

"좋았어! 도와줄 사람을 불러올게. 나나라면 와 줄 테니까!"

그러더니 깃페이가 바람처럼 마루에서 달려 나갔다.

"음, 도와줄 사람…… 올 수 있는 사람이라면 역시 그 녀석뿐인가."

소라가 혼자 중얼거렸다.

"나도 잠깐 나갔다 올게. 리카는 사과를 상자에서 꺼내서 상처를 확인해 주라."

소라도 그렇게 말하고 어딘가로 가 버렸다.

나는 부엌에 혼자 남아 상자에서 사과를 꺼내 상처를 확인했다.

10분쯤 지나자 현관에서 "안녕하세요!" 하는 목소리가 들렸다. 깃페이가 나나, 유리, 미이를 데리고 왔나 보다.

또 잠시 후에는 슈가 조금 귀찮다는 표정으로 부엌에 나타났다.

와, 많이 왔다! 다행이야!

안도하면서도 슈가 온 것은 의외라고 생각했는데, 슈가 이렇게 말했다.

"히로세 저 녀석이 강제로 끌고 왔어."

앗, 소라는 슈를 데리러 갔었구나?

"어차피 할 일도 없잖아, 우리 같이 캠핑하러 다녀온 사이잖아, 라면서 억지로 끌고 왔어. 할 일이 없겠냐고. 쌓아 놓은 다큐멘터리를 보고 있었는데. 지난주에 사바나 동물 특집을 해 줬잖아?"

슈가 투덜투덜 불만을 늘어놓았다.

나는 슈를 데리고 온 것에 조금 놀랐다. 소라와 슈, 늘 싸우기만 했으니까.

아…… 어쩌면 슈와도 추억을 남기고 싶었을까? 이제 프랑스에 가면 모두와 만나지 못하니까…….

이런 생각이 들어 슬퍼졌는데, 마루에서 대화하는 소리가 들렸다.

돌아온 소라와 유리 일행이 뭔가 대화하는 중이었다. 무슨 이야기일까?

"뭐? 프랑스? 뭐야 그게? 부럽다!"

그때 나나가 외쳤다.

"와, 프랑스 어디? 왜 갑자기? 학교는?"

소라가 "그게" 하고 말했는데 목소리가 작아서 들리지 않았다. 신경 쓰여서 마루 쪽으로 가려고 했을 때였다.

"아침부터 뭐가 이렇게 시끄러워. 왜 난리야?"

짜증 나 죽겠다는 목소리와 함께 유우가 2층 계단에서 내려왔다.

마루에서 들리던 대화 소리가 뚝 멈추더니 소라가 복도로 나왔다.

"무슨 잠꼬대나 하고 있어. 벌써 낮 1시거든?"

"뭐?"

멍하니 시계를 보는 유우는 눈이 반쯤 감겼고 머리도 사방으로 뻗쳤다.

외모에 집착하지 않는 타입인가? 왠지 의외였다…….

소라의 옷인지 까만 티셔츠에 무릎까지 오는 반바지를 입어서 남자애 같은 차림인데, 그 모습도 잘 어울렸다.

역시 귀여운 아이는 뭘 입어도 귀엽구나.

잠에 취했어도, 머리가 엉망이어도 귀엽다.

부럽다는 생각이 문득 들었는데 나는 얼른 고개를 저었다.

안 돼. 이런 생각을 하면 틀림없이 우울해질 거야.

"으앗, 누구야? 되게 귀엽다!"

깃페이가 옆에 있는 슈에게 속닥속닥 말을 걸었다.

아, 그렇지. 그저께 동네를 안내할 때, 유우는 먼저 공원에 들어갔으니까 깃페이와는 마주치지 않았다.

"응? 히로세의 사촌인데……."

슈가 얼굴을 찌푸린 뒤, 고개를 살짝 기울였다.

"그런데…… 엥, 이가라시. **너 쟤한테 속았냐?** 잘 보면 알잖아."

슈가 놀란 표정으로 깃페이를 말똥말똥 바라보았다.

"엥? 무슨 소리야?"

깃페이는 유우만 빤히 바라보고 있었다.

아아, 완전히 시선이 꽂혔어!

그 모습을 보자 나는 조마조마해졌다.

왜냐하면!

나나를 힐끔 봤는데, 나나는 걱정스럽게 깃페이를 보고 있었다.

아, 역시!

큰일 났어, 깃페이!

나나는 깃페이를 좋아하는데!

"아직 여기에는 태풍이 남아 있는 것 같네."

슈가 깃페이를 보며 어이없다는 듯이 한숨을 내쉬더니 유우 쪽으로 고개를 돌렸다.

그런데 슈가 유우를 보는 시선은 깃페이와 정반대였다. 얼음처럼 차가운 눈빛이었다.

슈가 짜증스럽게 숨을 내쉬었다. 슈는 앞머리를 쓸어 넘기더니 나를 봤다.

"저 유우라는 녀석, 자기가 주변에서 어떻게 보이는지 아주 잘 알고 있어."

어?

나는 눈을 깜박였다.

자기가 어떻게 보이는지 잘 알고 있다고?

"나도 그런 타입이니까 알아. 자기 강점을 알고 무기로 삼는 건 당연한 일이지만, 저렇게 남에게 상처를 줘도 된다는 방식은 고약하다고 생각해. 제정신이 아니야. 저걸 그냥 두는 히로세도 그렇고, 혹시 히로세 친척들은 다 이런 인간들인가?"

슈의 평가가 너무도 신랄해서 놀랐다.

어? 고약해? 제정신이 아니라고?

저렇게 귀여운 아이한테 대체 무슨 말이람?

슈답다고 하면 슈답지만.

게다가…… 유우의 강점? 무기란 대체 뭘까?

고개를 갸웃거리자 슈가 얼굴을 찌푸렸다.

"엇, 리카. 혹시 너도 착각했어?"

"어? 착각이라니, 뭘?"

"뭐라니. 저 녀석, 유우는."

슈가 입을 열려고 할 때였다.

"자, 잠깐! 거기 안경 낀 너!"

유우가 허둥거리며 끼어들었다.

"쓸데없는 소리 그만하고 나랑 같이 베이킹하자."

그러면서 슈의 팔을 꽉 붙잡았다.

"자자, 빨리 이리 와!"라며 왠지 모르게 필사적인 표정으로 슈를 끌어당겼다. 슈가 비틀거릴 정도로 엄청난 힘이다.

어라?

나는 너무 놀라서 입을 멍하니 벌렸다.

어, 지, 지금?

아니, 유우는 소라를 좋아한다고 했잖아?

그런데 좋아하지도 않는 남자애한테 저렇게 팔짱을 끼고 달라붙다니……대체 뭐지?

"하? 뭐? 이거 놔!"

슈는 동요해서 끌려가지 않으려고 두 다리에 힘을 줬다.

"됐으니까 빨리 가자니까."

유우가 생긋 웃더니 부엌 쪽으로 슈를 끌고 가려고 했다.

그런데 슈가 금세 여유를 되찾은 표정으로 피식 웃었다.

"말해 두겠는데, 나한테는 네 무기, 다른 아이들한테 그러는 것처럼 통하지 않을 거야."

그러자 유우가 놀란 표정을 지었다.

"어? 말도 안 돼!"

"그 무기로 누구든 다 속일 수 있다고 생각하면 큰 착각이다."

슈는 자기 팔을 붙잡은 유우의 손을 보고 엷게 웃었다.

그러자 유우가 곧바로 슈의 팔을 놓더니 펄쩍 뛰는 것처럼 물러났다. 순식간에 귀까지 새빨개졌다.

슈는 그런 유우를 도전적으로 바라보았다.

"모두에게 알려 줄까? **네 비밀을.**"

"하? 무, 무슨 소리야! 나, 나는 비밀 같은 거 없거든!"

유우가 이번에는 슈의 목에 한쪽 팔을 감더니 헤드록을 걸어 끌고 갔다.

"앗! 뭐, 뭐 하는, 괴, 괴로워!"

슈가 괴롭게 얼굴을 찡그리며 끌려갔다.

"유우! 너무 심하잖아! 대체 뭐 하는 거야……."

　소라가 어이없어하며 유우와 슈를 쫓아 부엌으로 갔다.

　응? 어라?

　왠지 이상했다.

　그러고 보니 유우, 소라 앞에서 저런 행동을 해도 되나? 저
러다가 소라에게 오해받으면 어떡해?

　어라? 나였다면 절대로 다른 남자애한테 저런 행동은 못 할
텐데⋯⋯.

처음 봤을 때도 유우는 소라를 끌어안았는데. 어쩌면 그냥 인사하는 것처럼 안은 건가……?

외국 사람은 인사 대신에 포옹하기도 하잖아?

프랑스 사람인 할머니의 영향으로 유우는 포옹을 당연하게 여기고, 소라도 그렇게 생각한다거나?

이것 말고는 유우의 행동을 설명하기 어려웠다.

머릿속에 수많은 물음표가 오갔는데, 다른 친구들이 유우와 슈, 소라를 쫓아 부엌으로 들어가서 나도 일단 생각하기를 그만두었다.

아, 나만 두고 가지 마!

음, 일단은 유우에게 포옹은 인사라고 생각하자.

반쯤은 억지로 상황을 받아들인 나도 부엌으로 들어갔다.

12. 파이는 파이라도

깃페이가 "같은 종류끼리 모으는 게 좋겠지?"라며 사과를 분류했다.

껍질이 빨갛고 자그마한 사과가 테이블 위에 쭉 올라갔다.

"와, 귀엽다!"

유리와 나나와 미이가 눈을 빛내며 말했다.

소라는 심각한 표정으로 태블릿으로 레시피를 엄선하는 중이었다. 다 같이 상담한 결과, 사과 디저트라고 하면 딱 떠오르는 애플파이를 만들기로 했다.

"리카, 이거랑 이거 중에 어느 레시피가 좋을까?"

고민에 빠진 소라가 내게 물었다.

"시간이 없지만 할아버지를 깜짝 놀라게 하려면 어려운 디저트에 도전하는 게 좋을지도?"

내게 보여 준 것은 간단하고 맛있는 애플파이 레시피와 파이 반죽부터 만들어야 해서 할 일이 많고 재료도 다양하게 들어가서 어려운 애플파이 레시피였다.

"으음……."

나는 고민했다.

"어려운 쪽이 프로다운 맛을 낼 수 있겠지만……."

"실패할 가능성이 크지. 할아버지도 파이 반죽 만드는 건 어렵댔어."

"실패하고 있을 시간이 없어."

우리는 얼굴을 마주 보고 고개를 끄덕였다.

지금까지 그랬듯이 우선은 간단한 것부터 만들고 나중에 우리만의 레시피를 고안하는 방법이 좋을 것 같다.

"그럼 이 간단한 레시피로 할까? 애플파이 4개분의 분량은 **사과 1개**…… 다른 재료는…… **버터 15g**, **그래뉴당**(결정이 비교적 큰 싸라기설탕 중 하나. 백설탕보다 순도가 높고 물에 잘 녹는다.—옮긴이) **1작은술**……. 그리고 어, **냉동 파이 시트가 2장** 필요하대."

소라가 레시피 공책에 재빨리 옮겨 적고 레시피를 읽었다.

"**1. 사과는 잘 씻고 껍질을 깎아 심을 제거하고 3mm 정도로 얇게 썬다.**

2. 파이 시트를 해동하고 4분의 1 사이즈로 자른다. 자른 파이 시트 4장에 비스듬하게 두 군데 칼집을 넣는다. 남은 나머지 4장을 포크로 찔러 구멍을 뚫는다.

3. 2의 파이 시트 중 구멍을 뚫은 4장에 1의 사과를 얹는다.

4. 그래뉴당 1작은술을 뿌리고 버터를 작게 잘라서 얹는다.

5. 칼집을 넣은 파이 시트를 덮어씌우고 가장자리를 눌러서 붙인다.

6. 200℃로 예열한 오븐으로 20~30분 굽는다. 바닥까지 잘 구워서 노릇노릇해졌으면 완성."

으흠, 으흠. 고개를 끄덕이며 순서를 머릿속에 입력했다.

"사과 1개분의 분량이 이거니까 사과 20개 분량으로 치면, 파이 시트는 2장씩 필요하니까 2장의 20배, 40장이 필요하겠는데……."

슈가 끼어들자 소라가 잠깐 생각에 잠겼다.

"한꺼번에 그렇게 많이는 못 구우니까 일단 사과 4개를 써서 만들어 볼까? 그러면 애플파이를 16개 만들 수 있으니까 8명이 나누면 한 사람당 2개씩이야."

분량을 정했으니 우선 장을 봐야 한다. 소라와 깃페이가 역 앞 마트까지 파이 시트를 사러 갔다.

그동안 남은 사람들은 작업하기 쉽게 테이블을 꺼내는 등

이런저런 준비를 했다.

소라와 깃페이가 금방 돌아왔다. 우리는 손을 씻고 분담해서 작업을 시작했다.

사과 껍질 깎기는 나나와 깃페이.

사과 썰기는 유우와 미이.

파이 시트 자르기는 소라와 유리.

식칼을 다루는 데 서툰 슈와 나는 늘 그렇듯이 칼을 쓰지 않는 작업을 담당했다.

슈는 오븐을 준비했고, 나는 그래뉴당과 버터를 저울로 쟀다.

사과 껍질을 깎는 두 사람을 조금 부러워하며 바라보았다.

나나는 칼을 잘 썼다.

집에서도 요리를 잘 돕나 보다 싶어 감탄했다.

또 의외로 깃페이도 잘했다.

"깃페이, 너 의외로 잘하네?"

나나가 놀랐다.

"사과만이야! 할아버지가 매년 사과를 산더미처럼 보내 주시니까, 하도 깎으니까 잘하게 되더라."

아하! 깃페이, 뜻밖의 특기네.

나나와 깃페이가 사과 껍질을 깎아서 유우와 미이에게 준다. 두 사람이 그걸 가지런하게 썬다.

유우는 셰프 지망생인 만큼 식칼을 아주 멋지게 다뤘다.

미이도 잘하는데, 그 두 배는 되는 속도로 썰었다. 완벽하게 같은 두께로 썰어서 꼭 자로 잰 것 같았다.

"다 했으니까 이것도 썰게."

또 아주 즐거워 보였다. 요리를 정말 좋아한다는 티가 났다.

와…… 소라보다 잘하는 것 같아.

내가 요리로는 도저히 이기지 못한다는 패배감을 곱씹는 동안에 얇게 썰린 사과가 도마에 가득 놓였다.

유우와 미이 정면에서는 유리와 소라가 파이 시트를 자르고 있다. 식칼이 부족해서 부엌 가위를 쓰고 있었다.

소라는 손바닥 위에 파이 시트를 들고 재미있는 형태로 칼집을 넣었다.

"소라, 뭐 해?"

유리가 소라에게 물었다.

"색다르게 해 보려고. 평범한 애플파이면 할아버지가 인정하지 않을 테니까."

오오! 나는 감탄했다.

맛있게 만드는 건 어려워도 모양을 예쁘게 하는 건 우리도 할 수 있다.

"와, 별 모양이네! 귀엽다!"

유리가 눈을 반짝이며 소라가 자른 파이 시트를 봤다. 그러더니 "그럼 나도!" 하며 하트 모양으로 시트를 잘랐다.

"음, 그럼 이번에는……. 그래! 그거다!"

와, 좋다.

다들 즐겁게 만들고 있어서 가라앉았던 내 마음이 조금씩 밝아졌다.

응, 역시 소라와는 이런 즐거운 분위기가 잘 어울린다.

나도 힘내야지!

그래뉴당의 양도 버터의 양도 맛에 큰 영향을 준다.

중요한 역할이니까 마음을 다잡고, 1g도 어긋나지 않게 눈을 동그랗게 뜨고 눈금을 봤다.

그런 내 옆에서는 슈가 오븐 시트를 잘라 오븐 팬에 올려놓고 있었다.

미리 오븐 팬 사이즈를 잰 다음, 그에 딱 맞춰서 자르는 면에서 성격이 드러난다고 생각했다.

적재적소로 작업을 진행한 뒤, 마지막으로 썬 사과를 파이 시트로 감싸는 작업을 다 같이 했다.

우선 칼집이 없는 파이 시트에 사과를 얹고, 그래뉴당을 뿌리고, 버터를 얹고, 칼집을 넣은 파이 시트를 덮어서 내용물을 폭 감쌌다.

가장자리를 손가락이나 포크로 눌러서 단단히 붙여야 하는데 이게 생각보다 어려웠다. 왜냐하면 사과를 넉넉하게 얹은 탓에 위에 덮어씌운 반죽을 쭉쭉 늘려야만 덮을 수 있었기 때문이다.

으아, 힘을 너무 많이 주면 찢어질 것 같아!

그래도 어떻게든 다 씌우자 유리가 말했다.

"잘라 낸 반죽도 붙이자!"

유리는 남아 있는 하트 모양의 반죽을 자기가 만든 파이에 붙였다.

그러자 소라도 자기도 하겠다면서 별 모양을 스티커처럼 치덕치덕 붙였다.

또 "이건 어때!"라며 잎사귀 모양의 반죽을 동그랗게 도려낸 반죽 위에 붙였다.

"하트 모양과 별 모양…… 그리고 사과 모양이네? 귀엽다. 어떻게 구워질지 기대돼!"

오븐 팬에 가득 놓인 반죽을 보고 귀여운 것을 좋아하는 나나와 미이가 기뻐했다.

"그럼 넣는다!"

소라가 예열한 오븐에 오븐 팬을 넣었다.

"이제 기다리기만 하면 돼!"

"와아아! 해냈다! 기대된다!"

다들 즐겁게 정리하며 기다렸다.

20~30분이라고 적혀 있었지. 그러다가 나는 미이가 오븐을 빤히 들여다보는 것을 알아차렸다.

아, 맞다!

"유리야, 나나야!"

조용히 말을 걸자 두 사람이 "왜 그래?" 하고 다가왔다.

내가 속닥속닥 생각한 바를 말하자 유리와 나나도 눈을 동그랗게 떴다. 그리고 힘차게 고개를 끄덕였다.

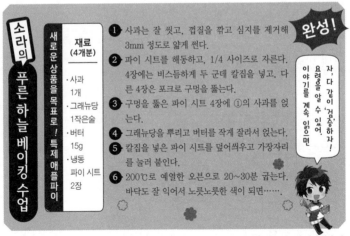

소라의
푸른 하늘 베이킹 수업

새로운 상품을 목표로! 특제 애플파이

재료
(4개분)

· 사과
1개
· 그래뉴당
1작은술
· 버터
15g
· 냉동
파이 시트
2장

① 사과는 잘 씻고, 껍질을 깎고 심지를 제거해 3mm 정도로 얇게 썬다.

② 파이 시트를 해동하고, 1/4 사이즈로 자른다. 4장에는 비스듬하게 두 군데 칼집을 넣고, 다른 4장은 포크로 구멍을 뚫는다.

③ 구멍을 뚫은 파이 시트 4장에 ①의 사과를 얹는다.

④ 그래뉴당을 뿌리고 버터를 작게 잘라서 얹는다.

⑤ 칼집을 넣은 파이 시트를 덮어씌우고 가장자리를 눌러 붙인다.

⑥ 200℃로 예열한 오븐으로 20~30분 굽는다. 바닥도 잘 익어서 노릇노릇한 색이 되면……

완성!

자! 다 같이 검증하자! 요령을 알 수 있어. 이야기를 계속 읽으면

※ 요리할 때는 어른과 상담해야 해.

20분 뒤, 소라가 오븐 문을 열었다.

손에 장갑을 끼고 오븐 팬을 꺼냈다.

"……."

모두의 눈이 오븐 팬 위로 모였다.

어라?

"왠지…… 예상했던 거랑 다르지 않아?"

제일 먼저 유우가 말했다.

긴 속눈썹을 펄럭이며 연신 눈을 깜박였다.

나도 고개가 저절로 갸우뚱해져서 동의했다.

다들 열심히 만들었으니까 인정하기 싫은데…….

"좀 끈적거리는 것 같아……. 잘 안 부풀었지? 파이는 좀 더 바삭바삭해야 하지 않아?"

깃페이도 말했다.

소라가 끙, 하고 신음했다.

"위에 씌운 반죽이 특히 심하다……. 그래도 레시피랑 똑같이 한 거잖아?"

모두가 고개를 끄덕였다. 특별히 다르게 하지 않았다.

"일단 먹어 보면 맛있을지도?"

유리가 말하자, 모두가 고개를 끄덕였다.

그때, 미이가 어물어물 조금 불편해하며 말했다.

"나, 나는 알레르기 있어서 못 먹으니까…… 보고 있을게."

우리는 얼굴을 마주 보았다.

"미이는 이거!"

유리가 토스터에서 뭔가를 꺼냈다.

그것은 알루미늄 포일로 싼 사과였다.

아까 유리와 나나랑 같이 만들어 두었다.

"어, **구운 사과네!**"

미이의 얼굴이 반짝 밝아졌다.

"얘들아, 정말 고마워!"

미이만 아무것도 못 먹는 건 싫으니까!

애플파이와 구운 사과를 접시에 담아 다 같이 포크를 들었다. 한입 크기로 썰어서 먹었다.

그런데.

"**음, 이건 안 되겠다. 맛없어.**"

슈가 단호하게 말했다.

나도 말하진 않았지만 같은 생각이었다.

입에 넣은 파이는 전혀 바삭하지 않았고, 뭔가 끈적거려서 식감이 너무 별로였다…….

음……. 뭐가 문제지?

13. 자, 검증이야!

누구도 반론하지 못하고 풀이 죽었는데, 유리가 "그런
가……?" 하고 쭈뼛거리며 말했다.

"이거 맛있는데?"

"뭐?"

모두 놀란 얼굴로 유리를 봤다.

설마 유리, 미각이 둔한가? 미안하지만 이런 생각이 들었다.

그런데 유리가 손에 든 하트 모양이 붙은 애플파이를 살펴
보다가 내가 먹은 애플파이와의 차이점을 알았다.

"이거, 파이 층이 제대로 만들어졌네."

소라가 옆에서 애플파이를 빤히 보며 미간을 찌푸렸다.

우리도 소라 뒤에서 유리의 애플파이를 바라보았다.

정말 이쪽은 얇은 반죽과 반죽 사이에 공기층이 잘 만들어

졌다. 다른 파이와 다르게 두툼하게 부풀었다.

"내 건 그렇지 않아. 어라, 파이 층이 전부 달라붙었잖아⋯⋯?"

소라가 자기 파이를 살펴서 나도 내가 들고 있는 것을 살폈다.

음, 내 것도 반죽과 반죽이 붙어 있다.

"음⋯⋯. 반죽과 반죽 사이에 틈처럼 공간이 있으니까 바삭바삭해지는 건가 봐⋯⋯. 응? 어라?"

문득 머릿속에 무언가가 떠올랐다.

"리카야, 뭔가 알았어?"

소라가 물었다.

"어어, 바삭바삭하다거나 틈이라고 하니까 쿠키 만들 때가 생각나서⋯⋯ 그때 베이킹소다로 이렇게 틈을 만들었으니까 쿠키가 바삭바삭해졌지."

"그럼 원인은 베이킹소다를 넣지 않았으니까? 하지만 재료에 없었는데?"

잠깐 생각한 나는 고개를 저었다.

"베이킹소다는 아니야. 지금 우리가 만든 애플파이랑 유리가 만든 애플파이, 재료는 똑같으니까."

"그런가."

나는 턱에 손을 대고 파이를 바라본 채 곰곰이 생각에 잠겼다.

"우리가 만든 애플파이와 유리가 만든 애플파이…… 뭐가 다르지?"

차이를 비교하기.

머릿속에 그 말이 떠오르자, 나는 짝 손뼉을 쳤다. 그렇지.

"검증해 보자!"

"어, 거, 검증? 그게 뭐야?"

소라 이외의 아이들이 멀뚱멀뚱 눈을 깜빡여서 나는 정신을 차렸다.

아, 평소처럼 굴고 말았네.

여긴 실험실이 아니고, 소라와 둘이 있는 것도 아닌데!

당황했는데 슈가 고개를 끄덕였다.

"그렇군. **비교 실험**을 해 보자는 거지? 가네코 유리가 만든 애플파이와 다른 애플파이의 차이점을 밝히자는 거야."

"실험이라고? 재미있겠다!"

모두가 슈 쪽을 주목해서 나는 안도했다.

소라가 질세라 레시피 공책을 펼쳤다.

"이럴 때는 표를 만들어야지!"

펼친 페이지에 소라가 세로와 가로로 선을 하나씩 그었다.

그러다가 손이 우뚝 멈췄다.

"어어."

소라가 도움을 청하는 것처럼 나를 힐끔 봤다.

아, 그러고 보니.

평소에는 내가 썼으니까 갑자기 하려고 하면 뭘 써야 할지 모르겠구나.

"'모두'와 '유리'의 만드는 법이 뭐가 다른지 비교하려는 거지."

내가 도와주자, 소라가 가로로 선을 하나 더 추가해서 표를 2단으로 했다.

위에는 '모두', 아래에는 '유리'라고 적었다.

"이제 순서대로 따져서 해 보며 차이점이 있는지 확인하자."

소라가 힘차게 고개를 끄덕이고, 공책 페이지를 넘겨 레시피를 다시 살폈다.

"순서는 총 6개지. ① 사과를 썬다. ② 파이 시트를 자른다. ③ 파이 시트를 위에 올린다. ④ 그래뉴당과 버터를 올린다. ⑤ 파이 시트로 감싼다. ⑥ 굽는다."

소라가 표에 순서를 적으려고 했을 때였다.

"잠깐 기다려 봐."

표를 노려보던 슈가 갑자기 끼어들었다.

"왜?"

소라가 손을 멈췄다.

"모두 작업을 분담했으니까 순서 전부를 비교할 수 없을 거야. 그러니까 가네코가 하지 않은 작업은 다른 사람과 비교할 수 없어."

"아, 그러네."

나도 그 말이 옳다고 생각했다.

성공한 것은 유리가 만든 애플파이뿐이다. 다른 건 전부 실패다.

그렇다면?

"유리가 한 작업에 주목하면 뭔가 알 수 있을지도 몰라……."

다들 "그러네." 하고 고개를 끄덕였다.

"어어……."

유리가 분담해서 한 작업이…….

눈을 감고 기억을 떠올렸다.

"파이 시트를 잘랐지."

그때가 생각났다.

그렇다. 유리는 즐겁게 파이 시트에 하트 모양으로 칼집을 냈다.

그러다가 깜짝 놀랐다.

같이 작업했던 사람은 소라다.

그렇게 생각했을 때였다.

"즉, 같이 파이 시트를 잘랐던 **히로세 소라가 수상해.**"

슈가 말해서 나는 깜짝 놀랐다.

엇, 왜, 왜 그렇게 되는데?

소라가 당연히 발끈했다.

"뭐야? 그럴 리 없잖아!"

아아, 또 둘 사이가 험악해지잖아.

슈, 제발 부탁이니까 소라한테 싸움을 걸지 마.

나는 허둥거리며 사이에 끼어들었다.

"소, 소라. 해 보자. 해 보면 차이를 알 수 있으니까!"

소라가 "어휴." 하고 작게 한숨을 쉬고, 슈를 날카로운 눈빛
으로 노려보았다.

"……알았어. **누명**인 걸 알게 해 줄 테니까!"

으아아아, 왠지 불길한 예감이 든다! 전에 자유 연구를 했을
때처럼 싸우기라도 하면 어떡하지?

나는 조마조마하게 지켜보았다.

그런데 깃페이가 "슈, 너 재미있다! 소라한테 대놓고 그런

소리를 하는 애는 처음 봤어!"라며 깔깔 웃었다.

유리와 나나와 미이도 "정말 그러네!" 하고 킥킥 웃었다.

단 한 사람, 유우만이 어째서인지 슈를 노려보았다.

……어라?

아까 유우가 슈를 부엌으로 끌고 갔을 때부터 조금 이상하다고 생각하긴 했는데…….

도대체 이 두 사람, 무슨 대화를 나눴을까?

14. 힌트는 안경!

유우의 태도에 의문을 품었을 때였다.

"배고파! 나 아직 아침도 안 먹었고 점심도 안 먹었어. 아까 만든 애플파이는 실패했고……."

유우가 투덜거렸다.

힐끔 시계를 보니 3시가 되려고 했다.

앗, 벌써 시간이 이렇게 되었다니!

"늦잠 잤으니까 그렇지! 사과 있으니까 먹어."

실패의 원인으로 지목받아서인지 소라가 부루퉁하게 말했다.

"부족하다고! 한창 먹을 때란 말이야!"

유우가 부엌 찬장을 드르륵 열어 멋대로 식빵을 꺼냈다.

식빵에 아무것도 바르지 않고 입을 크게 벌려 덥석 깨물었다. 그러더니 순식간에 우적우적 다 먹어 치웠다.

"아, 맛있다!"

의외로 호쾌하게 먹어서 조금 놀랐는데, 깃페이가 "나도 배고파⋯⋯. 그러고 보니 점심 안 먹었네." 하고 중얼거렸다.

"깃페이, 너도 먹지 그래?"

"어, 괜찮아?"

소라가 웃으며 깃페이에게 식빵을 주자, 깃페이는 그것을 반으로 접었다. 유우 못지않게 입을 크게 벌려 덥석! 이어서 그 옆을 덥석! 그러더니 접었던 식빵을 펼쳤다.

그러자 잇자국이 난 동그란 구멍이 두 개 나타났다.

"안경!"

구멍 너머로 깃페이의 동그란 눈이 나타났다.

"악, 뭐 하는 거야!"

다들 으하하 웃었다. 애플파이에 실패하고 왠지 모르게 아슬아슬했던 분위기가 순식간에 풀렸다. 역시 깃페이다!

나도 무심코 웃었는데 그러다가 '어라?' 하고 생각했다.

"자, 그럼 계속 검증해 볼까? 앗, 어디까지 생각했더라?"

소라가 말했다.

"히로세가 의심스럽다는 것까지."

슈가 말했고, 나는 깃페이의 안경 빵과 소라가 만든 사과 모양으로 칼집을 넣은 애플파이를 번갈아 보다가 번쩍 깨달았다.

아.

아!

"맞아! 소라랑 유리, 칼집을 넣은 모양이 달랐잖아?"

내 말에 모두 퍼뜩 놀라 애플파이를 봤다.

별 모양과 **하트 모양**. 그리고 **사과 모양**이다.

성공한 것은 유리가 만든 하트 모양뿐이다!

"혹시 칼집 모양 때문인가?"

"어? 에이, 설마……."

다들 웅성웅성 말했다.

나나가 말했다.

"그래도 이 별 모양이랑 사과 모양도 다르게 생겼잖아? 하트 모양 중에도 내 건 실패했어."

나나 앞에 놓인 애플파이도 부풀지 않았다.

"내 것도 하트 모양이야!"

미이도 말했다.

아, 내 것도 하트 모양이었다.

그럼 칼집을 넣은 모양은 상관없나?

머리가 혼란스러웠다.

아, 이럴 때는 표에 적어서 정리하는 편이 낫다.

나는 소라가 만든 표를 가지고 와서 추가로 적었다.

원래 항목은 '모두'와 '유리'뿐이었는데, 이것만으로는 부족할지도 모른다.

항목을 바꾸기로 했다.

우선 제일 위에 있던 '모두'가 아니라 **'유리'**, **'소라'**, **'슈'**, **'깃페이'**, **'나나'**, **'미이'**, **'유우'**, **'리카'**로 이름을 전부 다 적었다.

그 옆에 파이의 칼집 모양이라는 열을 만들어서 각각 **'하트'**, **'사과'**, **'별'**, **'별'**, **'하트'**, **'하트'**, **'사과'**, **'하트'**를 적었다.

마지막으로 칼집 모양 옆에 파이 반죽이 부풀었는지 납작해졌는지 적었다.

'성공', '실패', '실패', '실패', '실패', '실패', '실패', '실패'였다.

표를 들여다보자, 어떻게 하면 검증을 잘할 수 있을지 어렴풋하게나마 떠올랐다.

비교할 때는 비교하는 부분 이외의 조건을 최대한 똑같이 해야 한다.

"그러면…… 아. 이번에는 최대한 똑같은 모양으로 칼집을 내보면 어떨까?"

같은 생각을 했는지 소라가 말했다.

나도 동의했다.

"만약 칼집 모양이 원인이라고 해 보자. 유리가 만든 하트 모양 칼집과 똑같이 해서 성공한다면 그게 원인이란 걸 알 수 있어. 그래도 실패하면 칼집 모양 이외에 다른 원인이 있는 게 돼."

설명하자 모두 "그렇구나!" 하고 고개를 끄덕였다.

"유일하게 '성공'한 가네코가 힌트인 건 확실하니까, 가네코랑 다른 한 명이 하트 모양으로 칼집을 넣은 파이를 만들면 되지 않을까? 우선은 의심스러운 히로세. 그렇게 해서 결과가 안 나오면 또 가네코랑 다른 한 명."

슈가 말했다.

옳은 말이다 싶었다.

그렇게 하면 원인이 어디에 있는지 알 수 있다.

"너 일일이 기분 나쁘게 말한다, 진짜."

소라는 투덜거리면서도 방식 자체는 이해했는지 손을 씻었다.

"그럼 할까?"

소라가 사과 껍질을 깎고 얇게 썰었다.

유리도 똑같이 껍질을 깎고 썰었다.

"분담하지 않으니까 시간이 걸리네⋯⋯."

"사과는 상관없을 것 같은데 도우면 안 되나?"

깃페이가 말했지만 누가 도우면 어디에 원인이 있는지 알기 어렵다.

"원인을 확실히 하기 위해서니까. 소라, 힘내."

내가 말하자, 소라가 바로 고개를 끄덕였다.

"비교하는 요소를 적게 해야지. 알고 있어."

이어서 소라와 유리는 파이 시트에 칼집을 넣었다.

나는 소라와 유리의 손을 집중해서 바라보았다.

"하트 모양이라. 사과 모양이 상품으로는 더 재미있지 않아?"

소라가 조금 불만스럽게 파이 반죽을 들고 부엌 가위로 솜씨 좋게 잘랐다.

유리는 그 모양을 따라서 비슷하게 잘랐다.

둘 다 솜씨가 좋아서 거의 같은 모양이었다.

파이 반죽을 바라본 나는 '어라?' 하고 눈을 반짝였다.

소라가 잘라 낸 하트 모양과 유리가 잘라 낸 하트 모양.

소라의 하트가 조금이지만 유리의 파이 시트보다 부드러워 보였다.

하지만 똑같이 잘랐는데.

기분 탓일까?

어라?

하지만 이 느낌.

여기에 힌트가 있다.

이렇게 알려 주는 그 느낌이야.

그래도 소라와 유리가 다음 작업으로 들어갔기에 나중에 생

각하려고 메모하고 얼른 작업을 관찰했다.

"이번에는 사과를 위에 올리기. 다음에 그래뉴당과 버터를 올려야지!"

이 두 개의 작업은 간단하다.

마지막은 감싸서 구우면 끝이다.

두 사람은 칼집을 넣은 파이 시트를 덮어씌워서 폭 감쌌다.

파이 시트 두 장을 정성껏 붙였다.

작업이 순조롭게 진행되어 이제 기다리면 된다.

"음……. 차이점이 없었지?"

모두 고개를 끄덕였는데, 나는 아까 봤던 하트 모양의 차이가 머릿속에 남아 있었다.

곧 맛있는 냄새가 부엌을 가득 채웠다.

오븐에서 소리가 나자 소라가 애플파이를 꺼냈다.

"……엇."

소라가 굳어졌다.

"어, 왜지?"

슈도 뒤에서 오븐 팬을 보고 놀란 표정을 지었다.

"엇, 진짜 히로세 때문이야? 왜지?"

오븐 팬 위에 올라간 네 개의 애플파이는 유리 것만 도톰하게 부풀어 맛있게 구워졌다.

15. 따뜻한 손, 차가운 손

"나는 받아들일 수 없어!"

소라가 얼굴을 잔뜩 찌푸렸다.

"포기해라. 결과를 보라고. 누가 봐도 네 탓이잖아."

슈가 말하자 소라는 더욱더 정색했다.

"내 탓이 아니라고!"

나는 공책을 들여다보며 생각에 잠겼는데, 도무지 정리가
안 됐다.

아, 정말. 지금 싸울 상황이냐고?

성공하는 것이 목표니까 누구 탓이라거나 내 탓이 아니라고
말할 상황이 아니잖아!

"소라, 슈. 싸우지 마. '소라가 원인'에서 멈추면 안 되지!
'뭐가' 문제였는지 생각해야만 진전이 있다고!"

나도 모르게 슈와 소라를 향해 말했다.

"아, 네."

두 사람이 말다툼을 뚝 그쳤다.

어라?

놀라서 고개를 들자, 소라와 슈가 미안해서 어쩔 줄 모르는 표정으로 나를 보고 있었다.

앗!

지금 나, 꼭 선생님처럼 주의를 주는 말투였지?

생각하느라 바빠서 무심코 말이 함부로 나왔다.

깃페이가 "왜 소라도 슈도 사사키가 말하면 순순히 듣냐?" 하고 고개를 갸웃거렸다.

"아니, 소라랑 사사키, 둘이 그렇게 친했어? 실험이니 뭐니 하는 게 호흡이 딱 맞는데."

앗, 의심한다! 이대로 가다가는 놀릴 거야!

허둥거리는데 유리가 "지금 그런 소리를 할 상황이 아니야."라며 대화를 원래대로 돌렸다.

"뭐, 그건 그렇지만."

깃페이는 유리의 박력에 눌려 순순히 의견을 굽혔다.

어휴! 나는 가슴을 쓸어내렸다.

"그런데 뭐였을까……."

유리도 유리대로 어리둥절한 표정이었다.

"내가 뭐 특별한 일을 한 것 같지 않은데."

"마법이라도 쓴 거 아니야?"

나나가 장난스럽게 말했다.

나도 그런 생각이 들었다. 왜냐하면 너무 신기하니까. 차이가 없어 보였는데.

하지만.

그때 느꼈던 위화감이 갑자기 되살아났다.

"파이 반죽……."

"반죽이 왜?"

소라가 물었다.

넓게 퍼졌던 반죽. 끈적거리고 부드러워 보였던 반죽.

뭔가 알 것 같은데 잘 모르겠다.

"으음……."

"일단 성공한 파이를 먹자. 따끈따끈해서 맛있어 보여."

"아, 내가 썰게."

유리가 칼을 쥐었다.

모두 먹을 수 있게 애플파이를 썰었다. 사람이 많아서 크기는 작았지만 따끈따끈한 애플파이는 단맛이 적절하고 사과의 산뜻한 맛이 잘 살아서 정말 맛있었다.

"우아, 이거 진짜 맛있어! 이 사과, 다른 품종보다 산미가 강한데, 이렇게 구우면 단맛이 살아나니까 디저트로 만들었을 때 더 맛이 좋아!

깃페이가 침을 줄줄 흘릴 기세로 행복하게 말했다.

"너 사과를 잘 아는구나? 사과 종류가 몇 개나 있어?"

흥미롭게 묻는 슈를 보며 역시, 싶었다. 식물을 자유 연구 주제로 삼을 정도니까 관심이 많은가 보다.

깃페이는 자기 특기 분야이기 때문인지 기쁘게 대답했다.

"일본 것만으로도 많아. 아마 2천 종. 전 세계로 따지면 1만 5천 종이나 있대."

"엄청나네."

슈가 놀랐다.

"응. 그래도 외국산 수입 사과는 지금 일본에는 거의 들어오지 않는대."

"왜지?"

"질병이 들어올지도 모르니까. 그래서 뉴질랜드 사과 이외에는 먹을 수 없어."

오오, 재미있다. 귀를 기울이며 듣는데, "그건 그렇고…… 유리가 만들어야만 하면 가게에는 팔 수 없겠어……."라고 나나가 말해서 다들 시무룩해졌다.

그건 너무 큰 문제다.

유리만 만들 수 있는 파이라면 유리가 플뢰르의 직원이 되어야 한다. 그건 말도 안 된다.

"문제점을 찾아야 해."

나는 어떻게든 의욕을 불어넣었다.

내일이면 소라가 떠난다. 오늘 중에 해결하지 못하면 소라가 웃으며 떠나지 못하니까.

소라와 작별한다고 생각하자 코가 시큰해졌다. 나는 허둥지둥 고개를 저었다.

"아무튼 한번 더 검증하자. 이번에는 다른 사람이 만들어 보면 소라 탓인지 아닌지 알 수 있어."

"그러네! 이번에는 슈, 네가 해!"

소라가 또 발끈했다.

"그럼 일단 정리해야지. 깨끗한 조리 도구가 없어."

유리가 일어났다.

그러자 유우가 "우리가 할게. 너 계속 만들어서 피곤하잖아." 하고 말렸다.

아, 그러네!

다른 사람도 아니고 유우가 마음을 써서 의외라고 생각했다. 유우는 퍼뜩 놀라더니 변명처럼 말했다.

"나는 설거지를 잘하거든. 셰프 일을 배우려면 제일 처음은 설거지부터니까."

"유우, 셰프가 되고 싶구나! 벌써 배우기 시작했어?"

유리가 감탄하며 말하자, 유우는 조금 동요한 티를 내며 고개를 옆으로 돌렸다.

"뭐……, 공부라고 해도 아빠랑 이것저것 만들어 보는 것뿐이지만."

"대단하다. 그러고 보니 아까 사과도 되게 잘 썰었지."

"벼, 별로 대단한 것도 아닌데."

어라, 유우, 왠지 분위기가 부드럽다. 그렇게 생각하며 나도 일어났다.

"유리, 설거지는 우리가 할 테니까 쉬고 있어."

유리가 쥔 접시를 받으려고 할 때, 내 손이 유리의 손에 닿았다.

아, 유리 손, 작아서 귀엽다. 게다가 **차가워서** 기분 좋아.

그런 생각을 한 나는 소라의 손을 떠올렸다.

소라가 "우리는 최강 콤비야."라고 말하며 손을 붙잡았을 때를.

소라의 손은 크고. 또 **따뜻하고**.

거기까지 생각한 나는 벼락이라도 맞은 듯한 기분을 느꼈다.

"나, 안 것 같아!"

나도 모르게 유리의 손을 잡았다.

다음으로 소라 쪽으로 손을 뻗어 그 손을 잡았다.

"어?"

소라가 놀라서 눈을 크게 뜨는 것도 무시하고 나는 외쳤다.

"역시! 소라의 손이 유리의 손보다 따뜻해!"

"어? 손?"

모두에게 설명하려고 했는데, 다들 나를 멍하니 바라보는 것을 깨달았다.

엇?

앗, 내가 참!

으아아아, 다른 아이들이 보는 앞에서 소라의 손을 잡았어!

대체 무슨 짓을 한 거야.

허둥지둥 손을 놓고 반사적으로 뒤로 숨겼다.

으아아, 지금 이거, 없었던 일로 하는 건 안 되겠지?

"어, 어어, 지금 그거, 무슨 의미야?"

소라가 조금 빨개진 얼굴로 물었다.

"유, 유리의 손이 특별히 차가울 수도 있는데."

나는 상황을 해결하려는 의욕에 넘쳐 마침 옆에 있던 유우의 손목을 잡고 유리의 손과 포갰다.

유우가 놀라서 펄쩍 뛰
었다.

"으악! 갑자기 무슨 짓이
야!"

투덜거리는 걸 무시하고
나는 말했다.

"어, 어때, 차가웠지?"

"그렇게 잠깐인데 어떻
게 알겠어!"

"그래? 그럼 좀 더 잡아
볼래?"

유리가 손을 내밀자, 유
우가 새빨개져서는 허둥거
렸다.

그런 유우를 보며 유리가
어리둥절하게 고개를 갸웃
거렸다. 나도 유우답지 않
아서 조금 신경 쓰였는데,
그런 생각도 잠깐이었다.

지금은 다른 것에 정신

을 팔 때가 아니야!

"슈도 이리 와 봐!"

나는 허둥거리며 슈의 팔을 붙잡아 소라의 손을 잡게 했다.

"으악, 리카, 하지 마. 최악이거든!"

"으아아, 리카, 하지 마!"

소라의 손을 반강제로 쥔 슈가 "으에엑." 하고 얼굴을 찌푸
렸다.

소라 역시 순식간에 슈의 손을 뿌리치더니 심지어 손을 씻
기까지 했다.

슈도 질세라 손을 씻었다.

비누칠해서 꼼꼼히.

완전히 혼란스러운 상황이 되었는데, 그 모습을 지켜보며
나는 차츰 침착함을 되찾았다.

아무튼 손을 잡은 거, 실험을 위해서라는 거 다들 이해했겠
지?

무사히 얼버무리기에 성공했지?

"그, 그러니까 **손의 온도가, 파이 반죽의 온도와 상관있는
것 같다**고 생각하는데!"

"그렇구나."

모두의 놀란 얼굴이 차츰 이해했다는 듯이 바뀌었다.

다들 온도가 원인이겠다고 확신한 표정이었다.

"그럼 어떻게 하면 돼? 손의 온도가 높으면 파티시에가 될 수 없다는 거야?"

"그럴 리 없지. 유리 이외에 모두 실패했으니까 유리가 특별한 거야."

깃페이가 웃었다.

"가네코처럼 손을 차갑게 해야 하나?"

너무 씻어서 새빨개진 손을 하고 슈가 말했다.

"짠, 지금이라면 성공할 거야."

슈가 내 손을 잡았다. 그 손이 굉장히 차가웠다.

과, 과연……!

그러면서도 나는 동요했다.

왜, 왜 손을 잡는데……!

허둥지둥 손을 빼자, 슈가 어쩔 수 없다는 듯이 웃었다.

"그럼 한번 더 해 보자! 이번에야말로 성공하겠어!"

소라의 말에 우리 모두 고개를 끄덕였다.

16. 과수원을 응원하는 애플파이

"자, 꺼낸다…….."

애플파이를 다시 만들어 보았다.

이번에 소라는 파이 반죽에 칼집을 내기 전, 찬물로 손을 차갑게 했다.

다 구워진 파이를 오븐에서 꺼낼 때, 소라는 역시 긴장한 표정이었다.

모두의 시선이 오븐 팬 위로 쏠렸다.

"……해냈다."

소라가 중얼거렸고, 모두의 얼굴에 미소가 번졌다.

애플파이 반죽이 바삭바삭 잘 만들어졌다!

"성공했어!"

소라가 오븐 팬을 안고 공방으로 갔다.

안에서 작업하던 할아버지에게 말했다.

"할아버지, 이거 드셔 보세요!"

"호오, 애플파이라. 흔하지만 괜찮구나."

할아버지가 파이를 가만히 바라보았다.

"냉동 파이 시트로 만들었는데, 플뢰르 파이 반죽으로 구우면 더 맛있을 것 같아요……. 어떨까요?"

"흠."

할아버지가 한 입 먹고 눈을 감았다.

할아버지는 뭔가 그리워하는 듯한 표정으로 천천히 맛을 보았다. 감상을 말하기 전에 할아버지가 이렇게 물었다.

"그래서 이건 무슨 이름으로 팔 생각이냐? 디저트에는 콘셉트, 즉 설정이 필요해. 이대로는 어디에서나 흔히 보는 '단순한 애플파이'일 뿐이야. 뭐, 내가 만들었다면 단순한 애플파이로 끝나지 않겠지만."

이름?

모두 고민했다.

이윽고 유리가 말했다.

"깃페이네 할아버지를 돕고 싶었으니까…… '과수원을 응원하는 애플파이'면 어떨까?"

"그거 좋다!"

모두가 입을 모아 외쳤다. 역시 유리다!

"또 칼집 모양을 잘 넣으면 귀엽게 만들 수 있어."

"사과 모양이라든가!"

"여긴 플뢰르니까 꽃이 좋지 않을까?"

"그러네!"

모두 신나게 아이디어를 내는데, 할아버지가 히죽 웃었다.

" '플뢰르 특제 과수원 응원 애플파이' 로 결정이군. 애야, 깃

페이. 응원하는 마음으로 사과를 사마. 할아버님께 말씀드려

주겠니?"

"으아아아, 해냈다!"

모두 기뻐서 펄쩍 뛰었다.

할아버지가 "좋아." 하고 일어나더니 가노 씨를 불렀다.

"가노, 이 아이디어를 바탕으로 한번 만들어 보겠나?"

"알겠습니다. 아, 그런데 응원하는 마음이라면 껍질도 넣는

게 좋을지도요? 색도 예쁘고 재료를 아낌 없이 쓸 수 있으니까

요."

"그건 네게 맡기지."

점점 구체적으로 정해져서 가슴이 뛰었다.

와, 정말 기쁘다!

다 같이 하이파이브를 했다.

"해냈다, 리카!"

"응!"

"리카 덕분이야. 멋있었어!"

"리카, 꼭 탐정 같았어! 과학 탐정!"

나나와 미이가 눈을 반짝이며 나를 바라보았다.

"무, 무슨 소리야······. 다 같이 열심히 한 거잖아!"

칭찬받으면 쑥스럽다. 문득 시선을 느꼈다.

고개를 돌리자, 정면에 서 있는 유우와 눈이 마주쳤다. 유우가 허둥거리며 시선을 피했는데, 나는 조금 놀랐다.

유우의 눈빛에서 지금까지처럼 번뜩번뜩 적처럼 대하는 기색이 사라진 것 같았다.

딴 곳을 쳐다보는 유우에게 소라가 말을 걸었다.

"유우, 너도 리카가 대단하다고 생각했지? 지금까지도 늘 나를 이렇게 도와줬어!"

"······벼, 별로? 그런 생각 전혀 안 하거든!"

유우가 평소처럼 쌀쌀맞게 대답하자, 소라가 조금 불만스럽게 한숨을 쉬었다.

음, 적처럼 대하지 않는다는 거, 내 착각이었나 봐······.

같이 실험하면서 조금은 친해졌다고 생각했는데.

조금 시무룩해졌는데, 유리가 유우를 똑바로 바라보며 말

157

했다.

"유우, 대단하다고 생각했다면 솔직하게 대단하다고 말하는 게 좋아."

진지한 표정으로 유리가 말하자, "으윽……." 하고 유우가 당황한 표정을 지었다.

나는 눈을 크게 떴다.

아, 유리, 혹시 내가 시무룩해 보여서 도와주었나 봐.

"유, 유리야, 괜찮아! 정말 아무렇지 않은걸."

시무룩해진 것은 역시 나를 싫어한다고 생각했으니까 그런 거고!

"그래도 리카가 없었으면 애플파이는 아마 성공하지 못했을걸? 리카, 좀 더 자신감을 가져도 돼!"

유리가 물러서지 않고 빤히 바라보자, 유우의 얼굴이 점점 새빨개졌다.

결국 유우가 한풀 꺾여서 작은 소리로 말했다.

"아니…… 뭐, 확실히…… 대단할……지도."

나는 멍해졌다.

어라, 의견이 달라졌네! 게, 게다가 날 칭찬했어!

당황해서 눈을 이리저리 굴리는데, 소라가 조금 의외라는 듯이 유우를 바라보았다.

"아, 그래도 아주 조금이야!"

유우가 변명처럼 덧붙였다.

소라가 유우를 보고 피식 웃었다.

"좋아! 친해진 것 같으니까 이제 내가 없어도 문제없겠네."

흥분했던 나는 그 말에 머리부터 찬물을 얻어맞은 기분이었다.

그랬지.

이건 우리의 **마지막 실험**이었다.

소라는 역시 가 버린다.

울고 싶어진 내게 소라가 "리카, 뒤를 부탁할게."라고 다정하게 말을 걸었다.

이어서 다른 친구들에게도 웃어 보였다.

"너희도 내가 없는 동안 가노 씨를 도와주면 고마울 거야."

"물론이지! 나, 열심히 껍질 깎을게!"

깃페이가 주먹으로 자기 가슴을 툭 쳤다.

"아니지, 껍질도 쓴댔잖아. 아까 이야기 안 들었어?"

슈가 지적했다.

"우리도 돕고 싶어!"

나나와 미이도 나란히 외쳤다.

그래도 유리는 나를 걱정스럽게 살피며 조용히 물었다.

"리카, 왜 그래? 울 것 같은 표정인데?"

오히려 나는 다들 어떻게 웃으며 소라를 보낼 수 있는지 궁금했다.

나도 웃으면서 소라를 보내 주고 싶은데.

쓸쓸한 마음이 앞서서 그러지 못하겠다.

그래도 소라가 부탁했으니까 싫다고는 못 한다.

어떻게든 힘이 되어 주고 싶다.

나는 주먹을 꼭 움켜쥐었다.

눈물을 참으며 환하게 웃었다.

"알았어. 맡겨 줘. 그러니까 너도 열심히 해."

17. 축하와 작별 파티

다 같이 축하하는 의미로 **애플파이 파티**를 열기로 했다.

힘을 합쳐서 한번 더 만들어서 먹는 것이다.

성공한 파이는 반죽이 바삭바삭하고 사과의 상큼한 향과 버터의 달콤한 향이 잘 어울려서 정말 맛있었다. 감동할 정도였다.

"맛있어! 이대로 가게에 내도 되겠는데?"

"아, 그래도 이건 냉동 파이 시트로 만들었으니까. 파이 반죽을 직접 만드느냐 마느냐로 프로와의 차이가 나오는 거야. 가노 씨가 틀림없이 맛있게 만들어 줄 거야!"

소라가 마루로 모두가 마실 홍차를 가지고 와서 자기도 테이블 앞에 앉았다.

가노 씨는 지금 부엌에서 이런저런 아이디어를 내는 중이다.

할아버지가 가게 일은 본인이 할 테니까 애플파이 레시피를 생각하라고 했다.

하지만.

할아버지와 소라가 프랑스에 간 동안 혼자 가게를 꾸려야 하는데 새로운 메뉴인 애플파이까지 만들어야 한다니, 가노 씨가 괜찮을지 걱정이었다.

역시 우리가 도와야 한다.

모두 애플파이를 맛있게 먹고 부지런히 정리하기 시작했다.

마루에는 소라와 유우와 나만 남았다. 느긋하게 파이를 맛보던 나도 마지막 한 입을 먹고 일어나려고 했다. 그때였다.

"응……?"

갑자기 유우가 고개를 갸웃거렸다.

유우의 앞에는 파이가 아직 절반쯤 남아 있었다.

어라? 맛이 별로였나?

걱정하는데, "유우, 왜 그래?" 하고 유우 옆에 앉았던 소라가 물었다.

"아니, 왠지 이거랑 비슷한 디저트를 여기에서 이런 식으로 신나게 먹었던 것 같아서."

"여기에서? 어, 하지만 이건 처음 만들었는데?"

"그러니까 신기해서……. 아, 그렇구나."

"뭐가?"

유우의 얼굴이 발갛게 달아올랐다.

"생일이야, 소라. 할머니 생일!"

"어? 할머니 생일? 그렇다면."

소라가 나를 봤다. 나도 자연스레 눈이 휘둥그레졌다.

"환상의 디저트?"

하지만 소라는 바로 "아니야, 아니야." 하고 고개를 저었다.

"이렇게 평범한 디저트일 리 없잖아? 만약 그랬다면 나도 그걸 '환상의 디저트'라고 생각하지 않았을 테니까."

"그래도 좀 비슷한 것 같아."

"그 말은, **사과를 사용한 디저트**라는 것일까?"

낮은 소리가 들려서 나는 그쪽을 봤다.

부엌에서 고개를 내민 가노 씨가 유우와 소라를 빤히 바라보고 있었다.

가노 씨는 평소처럼 입가에 다정한 미소를 짓고 있었다.

그러나 눈빛이 너무도 진지해 보여서 나는 조금 놀랐다.

"그 디저트가 애플파이와 비슷했다는 소리니? 아니면 혹시 타르트일까?"

왠지 내가 추궁당하는 것 같아서 숨이 답답해졌다.

가노 씨는 평범한 질문을 한 건데.

게다가 유우에게 한 질문인데.

왜 이런 기분이 드는지 몰라서 어리둥절했다.

잠깐 생각하다가 그 이유를 알았다.

지금 가노 씨는 어제 상태와 비슷해 보였다.

'세계에 단 하나뿐인 전설의 디저트 레시피'라고 했었지.

가노 씨의 할아버지가 만들고 싶었던 디저트.

어라?

소라가 만들고 싶은 **'환상의 디저트'**.

가노 씨가 만들고 싶다는 **'전설의 디저트'**.

왠지 두 가지가 비슷한 것 같아서 가슴이 술렁였다.

그때는 얼버무리면서 넘어갔는데…… 왠지 너무 신경 쓰였다.

내가 생각에 잠긴 사이, 잠깐 고민하던 유우가 말했다.

"음……. 역시 모르겠어."

"뭐야, 좀 더 열심히 생각해 봐!"

"생각하라고 해도, 그때가 대체 몇 살 때인데? 아니, 소라너도 잊어버렸으면서!"

소라와 가노 씨가 아쉽다는 듯이 한숨을 쉬었다.

"그렇다면 어쩔 수 없나."

포기했나?

그런데 가노 씨를 힐끔 본 나는 놀랐다.

가노 씨가 뭔가 각오한 것처럼 착 가라앉은 눈빛이었기 때문이다.

파티가 다 끝났다. 정리도 마쳐서 마루도 깔끔해졌다.

"그럼 파티시에 공부, 열심히 하고 와!"

"선물도 사 와!"

할아버지 집 앞에서 소라에게 작별 인사를 하고 각자 집에 가기로 했다.

아아, 드디어 끝났구나.

이렇게 헤어지는구나.

우울해졌는데, 뒤에서 누가 말을 걸었다.

"저, 저기, 리카야."

돌아보자 유우였다.

어, 말을 걸었어? 나한테?

눈을 크게 뜨자, 유우가 멋쩍은 듯이 우물쭈물했다.

"어, 으응, 유우. 왜 그래?"

"어, 저기, 있잖아."

"응?"

그때였다. 유리가 "리카, 집에 안 가니?" 하고 돌아왔다.

"!"

유리를 돌아본 유우가 순간 허둥거리며 입을 다물었다.

"유우, 왜 그래?"

계속 기다렸으나, 유우가 도무지 입을 열지 않았다.

결국 5시를 알리는 음악 소리가 동네에 울려 퍼졌다. 유우는 포기했는지 길게 숨을 내쉬고, 부드러운 머리카락을 마구 흐트러뜨렸다.

"역시 안 되겠다. 아무것도 아니야. 미안!"

유우는 그 말을 남기고 소라의 할아버지 집으로 들어갔다.

유리가 그 모습을 보며 고개를 갸웃거렸다.

"음……. 왠지 이상했지, 유우?"

나도 고개를 끄덕였다.

화끈하고 단호하고 산뜻했던 유우인데 왠지 분위기가 달라 보였다.

18. 마침내 헤어지는 날

하루가 지나고, 연휴 마지막 날이 왔다.

오늘은 소라가 프랑스로 떠나는 날이다.

틀림없이 올 테니까 배웅하러 가지 않으려고 했는데, 역시 마지막으로 한 번 더 만나고 싶었다.

아직 말하지 못한 "잘 다녀와, 열심히 해."를 말하고 싶었다.

아침에 출발해서 점심때 비행기를 탄다고 했으니까 아침 일찍 플뢰르로 갔다.

문 너머로 안을 들여다보자, 가게 안쪽 공방에서 소라와 할아버지, 가노 씨가 대화하는 중이었다.

아, 프랑스에 간 동안 어떻게 할지 회의하나 보다.

그렇게 생각하며 진열장 너머로 봤는데, 문득 가노 씨에게 시선이 갔다.

가노 씨는 뒷짐을 지고 있었다.

그 손에 뭔가 쥐고 있었다. 소라와 할아버지에게서 숨겨서 들고 있는 그것은 표지가 갈색인 책이었다.

어라? 저거 본 적 있는 것 같은데?

내가 고개를 갸웃거렸을 때, 가게 앞쪽에서 자동차가 빵빵거리는 소리가 들렸다.

소라와 할아버지가 소리를 듣고 가게 뒷문으로 나갔다.

나는 얼른 소라에게 다가갔다.

가장 중요한 작별의 말을 해야 하니까!

소라와 할아버지가 가게 앞에 선 택시에 타려고 했다.

커다란 짐 두 개가 트렁크에 담겼다. 짐이 많으니까 역까지 택시를 타고 가려나 보다.

"소라야!"

내가 크게 외치자 소라가 돌아보았다.

"리카?"

가지 마.

이 말이 거의 나올 뻔해서 나는 당황했다.

정했잖아! 잘 다녀오라고 말하기로!

하지만.

하지만 이 말을 하면 정말로 마지막이다.

소라가 가 버린다. 만나지 못한다.

하지만, 그래도.

그게……너를 위한 거지?

나는 있는 힘껏 미소를 짓고 입을 벌렸다.

"잘 다녀와!"

목소리가 뒤집히거나 떨리지 않게 노력했다.

소라가 방긋 웃으며 고개를 끄덕였다.

"나, 열심히 하고 올게."

"환상의 디저트, 언젠가 나도 먹게 해 줘!"

소라가 두 주먹을 불끈 쥐는 것과 동시에 택시 문이 닫혔다.

택시가 달렸다. 소라의 환한 미소가 멀어졌다.

택시가 더는 보이지 않자, 나는 그 자리에 쪼그려 앉았다.

눈물이 주르륵 흘러 옷을 물들였다.

"리카, 괜찮니?"

목소리가 들려 나는 번쩍 고개를 들었다.

어느새 가노 씨가 서 있었다.

"가노 씨."

소라가 가 버렸어요, 그렇게 말하고 도와 달라고 하려고 했는데, 나는 나오던 말을 꿀꺽 삼켰다.

가노 씨가 품에 안은 책에 시선이 갔다. 아까 언뜻 봤던 그 갈색 책이다.

어라? 저 책은?

기억이 난 순간, 내 온몸에 소름이 잔뜩 돋았다.

어? 왜 저걸 가노 씨가 가지고 있지?

소라가 프랑스에 가지고 가기로 했는데?

할아버지가 저걸 소중하게 어루만지던 모습이 선명하게 되살아났다.

'Journal'이라고 적힌 그 책은…… 할아버지가 소중하게 아낀 '환상의 디저트' 레시피가 실린 일기장이었다.

대체 뭐가 어떻게 된 거지?

"리카, 왜 그러니?"

가노 씨가 싱긋 웃었다. 평소의 가노 씨와 전혀 다르지 않은 모습이어서 나는 뭔가 사정이 있겠다고 생각했다.

할아버지가 가노 씨에게 빌려줬거나, 아니면 그냥 줬거나?

그렇게 생각하려고 했지만, 그렇다면 아까 꼭 감추는 것처럼 들고 있었을 이유가 없잖아? 게다가 그토록 소중하게 여겼는데 할아버지가 줄 리가 있을까? 점점 의혹이 솟구쳤다.

내가 일기장을 뚫어지게 바라보자, 가노 씨가 다정하게 말했다.

"아, 이게 신경 쓰이니?"

가노 씨는 평소처럼 다
정한 분위기인데, 아무리
봐도 일기장이 이 상황에
어울리지 않았다. 저것만
색깔이 달라 보이는 것 같
았다.

"저기……, 가노 씨. 그
일기장은 어떻게 된 거예
요……?"

두려워하며 묻자, 가노
씨가 웃었다.

그러더니 몸을 돌려 내
게 등을 보이고 걸어가기
시작했다.

아무 말 없이 역으로 가
는 가노 씨를 보고 나는 깜
짝 놀랐다.

"가노 씨? 어디 가세요?"

가노 씨가 돌아보더니 어깨를 으쓱였다.

"나는 말이지. 이것만 있으면 더는 여기에 용건이 없어."

가노 씨가 일기장을 소중히 보듬으며 표지를 쓰다듬었다.

그러면서 내게 말했다.

"리카, 그동안 고마웠어. 그럼 안녕."

안녕?

무슨 소리인지 전혀 모르겠다.

가노 씨가 모퉁이를 돌아 더는 보이지 않게 된 순간, 나는 간신히 그 말의 의미를 이해했다.

어? 소라랑 소라 할아버지만이 아니라 가노 씨까지 안녕이라고?

그럼 플뢰르는 어떻게 되는 거야?

나는 텅 빈 플뢰르 앞에 멍하니 서 있었다.

작가의 말

안녕하세요! 야마모토 후미입니다.

『리카의 맛있는 실험실』그 네 번째 이야기를 읽어 주셔서 고맙습니다! 어때요, 재미있으셨나요?

이번에는 충격적인 이야기였죠(죄송합니다)! 지금까지 없었던 진지한 전개여서 담당 편집자에게 "이렇게 써도 정말 괜찮을까요?" 하고 확인했습니다(쓴웃음). 거센 파도에 휩쓸린 리카와 소라, 그리고 플뢰르의 운명은 어떻게 될까요?

자, 이 뒤에 기다리는 '리카와 소라의 만남' 스페셜 단편을 읽고 차분하게 기다려 주세요!

나나오 씨, 담당 편집자 님, 교정자 님, 디자이너 님, 이 책에 도움을 주신 여러분, 늘 그렇듯이 멋진 책을 만들어 주셔서 고맙습니다! 또 이 책을 읽어 주신 독자 여러분! 진심으로 고맙습니다!

두근두근 긴장감 가득한 5권도 곧 출간 예정입니다. 기대해 주세요!

★참고 문헌★

▨ 『맥기 키친 사이언스—재료부터 식탁까지—』 해럴드 맥기 지음, 이희건 옮김, 강철훈 감수, 이데아, 2017년.

▨ 『사이언스 쿠킹』 스튜어트 페리몬드 지음, 김은지 옮김, 시그마북스, 2018년.

▨ 웹 사이트 '사과 대학' https://www.ringodaigaku.com/top.html

그 날,
나는 처음 느낀
새로운 감정을
발견했다.

☆ 특별 단편 ☆

응원하는 마음이여, 도달하라

그날, 나는 처음 느낀 새로운 감정을 발견했다.

뻥 뚫린 듯이 새파란 하늘이었다.

이글이글 반짝이는 태양 빛이 땅에 쏟아져 아지랑이가 피었다.

여름 방학도 끝난 9월인데, 여름은 전혀 끝날 생각이 없나 보다.

이렇게 더운데 소라는 하얀 유니폼을 입고 마운드에 서 있었다.

나는 야구를 잘 모르는데, 엄마에게서 투수의 실력에 따라 시합이 좌우된다는 설명을 들었다.

알고 보니 엄마는 야구 팬이어서 규칙도 자세히 알았다.

그런 엄마가 심각한 표정으로 중얼거렸다.

"그야말로 대위기야……. 소라, 여기에서 잘해 줘야 해."

지금은 마지막 회에 마지막 공격이다. 엄마가 가리킨 게시판의 숫자를 보면 현재 투 아웃, 그리고 투 스트라이크에 스리볼인 풀 카운트였다.

주자는 1루부터 3루까지 꽉 찼다. 이 상황은 이른바 '굿바이 패배'가 될 큰 위기인가 보다.

"소라야, 힘내."

나는 기도하는 것처럼 모은 두 손을 꽉 움켜쥐었다.

어제 방과 후에 있었던 일이다.

"내일 소라네 야구팀 시합이 있다던데?"

"어? 어디에서? 보러 가고 싶어!"

같은 반 여자애들이 떠들었다.

소식을 들은 나도 무심코 귀를 기울여 정보를 모았다.

소라에게 직접 물어봐도 되지만 학교에서 말을 걸면 아무래도 시선이 모이니까 자세히 묻기 어렵다.

아침 10시부터 근린공원 그라운드에서.

모두의 이야기를 들어 정보를 머릿속에 새겼다.

근린공원은 집에서 자전거를 타고 10분 정도면 갈 수 있을 것이다.

왠지 두근거렸다.

소라는 베이킹 중에 배트 휘두르는 행동을 종종 하니까 야구를 얼마나 열심히 하는지 안다.

다만 실제로 플레이하는 모습은 본 적 없었다.

아주 잘한다고 들었으니까 한 번은 보고 싶었다.

그렇지만 문제는 말이지.

"소라, 응원하러 갈게. 힘내!"

소라는 여자애들에게 둘러싸여 "응, 고마워!"라며 생글거렸다.

아아…….

소라는 아마 저 친구들이 자기에게 호감이 있는 줄 전혀 모르겠지. 왜냐하면.

"여전히 소라는 둔해 빠졌네."

으앗.

누가 내 마음속에 아른거린 말을 고스란히 하나 싶었다.

놀라서 고개를 돌리자, 유리가 소라를 보며 어이없다는 표정을 짓고 있었다. 그리고 나를 힐끔 봤다.

"리카, 시합 보러 안 가니?"

가고 싶다. 사실은 가고 싶다. 하지만.

나는 소라 옆에 모인 여자애들을 봤다.

저 친구들 사이에 끼어드는 것은 아무리 생각해도 무섭다.

놀이공원에 가서 특히 인기 있는 기구의 줄에 멋대로 끼어드는 것 같은 두려움이다. 아니, 끼어들기 이전에 왜 너 같은 아이가 여기에 줄을 서냐는 소리를 들을 것 같다…….

그래도, 그래도 가고 싶어…….

그런 생각을 하는데, 유리가 말했다.

"내가 같이 가도 되는데 내일은 내가 볼일이 있어……. 아,

어쩌다가 우연히 근처를 지나가는 건 어떠니?"

유리가 싱글싱글 웃었다.

아, 유리, 지금 그거구나!

내가 소라를 좋아한다고 믿으니까 가서 보라는 거야.

아니, 오해라니까!

멋있다고는 생각하지만…… 응? 어라?

그러고 보니 나는 소라의 어떤 면을 멋있다고 생각하는 거지?

나는 기억을 뒤져 보았다. 그러다가 인상적인 사건이 생각났다.

3학년 때 있었던 일이다.

나는 소라와 같은 반이 아니어서 소라에 관해서 잘 몰랐다.

다만 이름은 자주 들었다. 왜냐하면 여자애들 대부분 좋아하는 사람 이름을 말할 때면 '소라'를 언급했으니까.

그래서 어떤 아이인지 궁금했다. 그저 그것뿐이었다.

그랬는데 운동회 이어달리기 때, 소라에게 품은 내 인상이 확 바뀌었다.

이어달리기는 고학년 이어달리기와 저학년 이어달리기로 나누어서 했다. 빨강 반에서는 빨간 모자 팀, 빨간 띠 팀, 하양 반에서는 하얀 모자 팀, 하얀 띠 팀이 나와서 총 네 팀이 대결했다.

반에서 달리기가 빠른 남자애와 여자애가 한 명씩 주자로 뛰었다.

우리 반에서는 깃페이와 나나가 나왔고 둘 다 하얀 모자 팀이었다.

또 다른 반에서는 소라가 나왔고 빨간 띠 팀이었다.

나는 하얀 반이었으니까 소라와는 적이라고 할 수 있다.

3학년은 저학년 이어달리기에서 마지막에 달린다. 깃페이와 소라가 마지막 주자였다.

"으앗, 빨강 반 마지막 주자, 히로세잖아."

"어? 소라?"

"쟤, 그냥 멋있기만 한 게 아니라 달리기도 잘한다더라."

그런 소리를 듣고 나는 무심코 마지막 주자를 찾았다. 어떤 아이일지 확인하고 싶었다. 그래도 그때는 소라를 보고 얼굴이 깔끔하게 생겼고, 인기 있을 것 같다는 생각만 했다.

이어달리기는 접전이었다. 추월하고 추월당하고, 도중에 바통을 떨어뜨리는 대혼전이어서 크게 흥분했다.

어느 팀 하나 유리하지 않은 상태로 순식간에 3학년들이 달릴 차례였다.

3학년은 운동장 한 바퀴를 뛰어야 하니까 힘들다. 평소 축구를 열심히 하는 나나가 앞을 달리는 아이를 쉽게 추월했다. 역시 나나는 대단했다.

빨간 띠를 두른 소라가 1위로 바통을 받았고, 거의 동시에 하얀 모자를 쓴 나나가 깃페이에게 바통을 넘겼다.

"마지막 주자가 바통을 받았습니다!"

방송이 들리자 모두 "우아아!" 하고 환호했다.

응원석에서 "힘내!"라는 함성이 들렸다.

네 사람은 아주 빠른 속도로 달렸다. 커브를 돌면서 한 줄이 되었다. 승부를 전혀 예상할 수 없었다.

혼전 상태여서 잔뜩 긴장하고 지켜봤는데, 그중 빨간 모자를 쓴 아이가 균형을 잃었다.

그 아이는 바로 옆에 있던 소라 앞쪽으로 넘어졌다.

마침 내 자리 앞이었다. 그 아이에게 휩쓸려 소라도 균형을 잃고 넘어졌다.

깃페이와 또 다른 주자는 순간적으로 속도를 늦췄는데, 골인을 해야 하니까 다시 달렸다.

"우아아아아아!" 내 주변에서 하얀 반 응원단이 환성을 질렀다.

"기회다! 가라!"

한편, 빨강 반 자리에서는 낙담한 한숨이 퍼졌다.

"아아, 끝났네……."

그런 한탄이 들렸다. 제일 먼저 넘어진 빨간 모자 아이가 울먹이는 표정을 지었다. 나는 또 한 명, 소라 역시 똑같은 표정을 지을 줄 알았다.

고개를 숙인 소라가 "아파라." 하고 중얼거렸다.

틀림없이 분하겠지. 어떤 기분일지 상상하자 마음이 괴로워져서, 나는 하양 반을 응원하는 것도 잊고 나도 모르게 말했다.

"포기하지 마!"

우리 팀이 이기려는 상황이다. 그러니 다른 친구들과 함께 기뻐해야겠지만, 이런 식으로 이기면 왠지 뒷맛이 나쁠 것 같아서 싫었다.

내 작은 목소리는 응원하는 소리에 지워졌다. 그런데 소라가 고개를 들더니 이쪽을 똑바로 바라봐서 나는 놀랐다.

어, 지금 혹시 들렸나?

착각인 줄 알았는데, 소라는 포기하지 않았다는 표정으로 나를 빤히 바라보았다.

분명 눈을 한 번 깜박이는 짧은 시간이었을 것이다. 그러나 나는 시간이 멈춘 것 같았다. 아주, 아주 긴 시간처럼 느껴졌다.

소라가 일어나자 그때부터 시간이 흐르기 시작했다. 소라는 같이 넘어진 아이에게 **"가자! 아직 끝나지 않았어!"**라고 말을 걸고 엄청난 속도로 달리기 시작했다.

소라가 바람을 씽씽 가르며 달렸다.

깃페이와의 거리가 4분의 1바퀴로 벌어졌는데, 그 차이가 점점 줄어드는 게 보였다.

반 바퀴를 지난 뒤부터는 체력이 중요하다. 소라의 속도는 전혀 줄어들지 않았다. 오히려 점점 빨라졌다. 마지막 커브를 돌며 하얀 띠 아이를 제쳤다.

마지막 일직선. 깃페이와의 차이를 2미터까지 줄인 소라는 "안 질 거야!"라고 외치며 몸을 앞으로 내밀며 결승선을 지났다.

나는 무심코 손을 움켜쥐었다.

그 순간 나는 소라를 응원했다. 같은 팀인 깃페이를 응원해야 하는데.

모두 마른침을 삼키며 기다린 대접전의 결과는.

"1위, 빨간 띠 팀!"

"우아아아아!"

소라가 폴짝폴짝 뛰었고, 빨강 반에서 어마어마한 환성이 터졌다.

깃페이가 분한 듯이 땅을 걷어찼다.

하양 반 모두는 그저 멍하니 그 모습을 지켜보았는데, 분통이 터졌다기보다 소라의 달리기를 보고 '진짜 멋있다……' 하고 감동하는 것 같았다.

물론 나도 그랬다.

그야, 정말 대단했잖아.

그 자리에 있었다면 누구나 소라를 멋있다고 했을 것이다.

"리카? 왜 그래?"

그 소리를 듣고 퍼뜩 정신을 차리자, 유리가 어리둥절하게 나를 보고 있었다.

추억을 떠올리며 멍해졌던 나는 허둥거렸다. "아무것도 아니야."라고 대답하면서도 유리가 말한 '우연히 들르는 것'은 좋은 아이디어라고 생각했다.

응. 주말이니까 엄마랑 같이 쇼핑하러 갔다가 가 볼까?

엄마에게 쇼핑하러 다녀오는 길에 소라의 시합을 보러 가고 싶다고 말하자, 엄마는 좋다고 대답했다.

"소라는 투수지? 대단하다."

엄마가 신나서 말했다.

"그래도 이왕이면 처음부터 보면 좋을 텐데. 네가 응원하면 좋아하지 않겠니?"

엄마는 의외라는 듯이 물었다.

하지만 이유를 설명하긴 어려우니까 적당하게 둘러댔다.

"음, 그러니까 소라가 긴장할 것 같아서."

"그런가? 소라가 그런 성격인가?"

그러면서도 엄마는 알겠다고 고개를 끄덕였다.

근린공원은 역을 사이에 두고 반대편인 주택가에 에워싸인 넓은 공원이다. 테니스 코트와 넓은 그라운드가 있고, 주변에 나무도 많이 있다.

주차장이 좁아서 대부분 걸어오거나 자전거를 타고 온다.

3루 쪽 응원석에는 같은 반 여자애들이 응원 와서 "소라, 힘내!" 하고 높게 소리를 질렀다.

나는 들키지 않게 반대편, 1루 쪽 나무 그늘에서 모자를 깊숙이 눌러썼다. 옆에 있는 엄마는 3루 쪽을 보고 감탄하며 말했다.

"소라는 역시 인기가 있구나……. 팬클럽이라고 해도 될 것 같아. 그러네……. 저 틈에 끼려면 용기가 필요하겠어."

나는 고개를 끄덕였다. 지금은 소라의 팬클럽이 없지만 만약 누가 만든다면 인원이 상당할 것 같다.

"뭐, 저 친구들 마음은 알겠네⋯⋯. 소라는 멋있으니까."

엄마가 마운드를 바라보며 눈이 부신 것처럼 실눈을 떴다.

어른인 엄마 눈으로 봐도 소라는 멋있구나?

왠지 신기한 기분으로 바라보는데, 마운드에서 소라가 공을 던졌다.

팡! 묵직한 소리를 내며 야구공이 포수의 미트로 빨려 들어갔다.

심판이 "스트라이크! 타자 아웃!"이라고 큰 소리로 외치자, 응원석이 "우아아아!" 하고 들끓었다.

"저 투수는 공이 빠르네. 조절도 좋고."

앞에 앉은 할아버지가 중얼거렸다.

"치기 쉽지 않겠어. 저 녀석에게서 점수를 내기 어렵겠는데?"

가만히 듣는데 마치 내가 칭찬받는 것 같아서 간질거렸다.

엄마는 조금 불편한 것 같았다.

"이쪽, 1루 쪽은 상대 팀의 응원석 같아."

엄마가 속삭였다. 그러면 여기에서 응원하긴 어렵겠다.

"3루 쪽으로 갈래?"

하지만 3루 쪽으로 가면 같은 반 여자애들과 마주친다. 그건 곤란하니까 나는 고민이었다.

엄마는 반 여자애들이 비명을 지르며 기뻐하는 소리를 듣고 3루 쪽으로 이동하기는 어렵겠다는 걸 알아차렸는지 무리해서 권하지 않았다.

안심했다.

조용히 응원하면 방해되진 않겠지?

이어지는 다음 회, 주자가 한 명 나간 득점 기회에 소라가 타석에 섰다.

투수가 공을 던지고 소라가 배트를 휘둘렀다.

헛스윙이었지만 힘이 어마어마해서 놀랐다.

소라 주변에 소용돌이가 생긴 건 아닌가 싶을 정도의 스윙이었다.

헬멧을 쓰고 강렬한 눈빛으로 상대 팀 투수를 노려보는 소라를 보면, 평소의 다정한 소라와는 다른 사람 같았다.

투수가 공을 던졌다. 이번에는 배트에 맞았으나 큰 파울이었다.

"이런, 위험하네. 홈런인 줄 알았어……. 대단하군."

할아버지가 말했다.

"지금 걸로 투 스트라이크니까 앞으로 하나면 아웃이네……. 힘내, 소라."

엄마가 조용히 말했다.

나도 숨을 참고 소라에게 힘을 주는 마음으로 빤히 바라보았다.

투수의 손에서 휙 공이 던져졌다.

소라가 휘두른 배트에서 들리는 요란한 파열음.

공이 사라졌다. 순간적으로 그렇게 생각한 순간, "우아아아!" 하고 3루 쪽에서 엄청난 함성이 터졌다.

공은 외야로 튀어가 잔디 위를 하염없이 굴러갔다. 상대 팀 아이가 허둥지둥 공을 쫓아갔다.

그러는 동안 주자가 한 명 홈으로 들어와서 1점을 얻었다. 득점판에 '1'이 새겨지자, 1루 쪽에는 한숨이 퍼졌다. 소라가 3루 베이스를 밟고 주먹을 움켜쥐었다.

"으아, 3루타! 타구가 대단하네⋯⋯."

엄마가 흥분해서 말했다.

그렇게 회가 진행되어 1:0으로 소라의 팀이 앞선 채로 마지막 회에 접어들었다.

"마지막 회⋯⋯ 1점을 내면 좋겠는데."

할아버지가 말했다.

소라가 척척 삼진을 잡아 투 아웃이 되었다. 나는 이대로 시합이 끝날 줄 알았다.

"아웃을 하나만 잡으면 되는 거지? 그럼 이겼네?"

내가 속삭이며 묻자, 엄마가 씁쓸하게 웃었다.

"야구는 투 아웃부터라고 하니까. 고등학교 야구도 마지막 회에 무슨 일이 일어날지 몰라. 끝까지 눈을 뗄 수 없어."

그러고 보니 엄마는 올여름에도 텔레비전에서 해 주는 야구 중계에 푹 빠졌었다.

그래도 괜찮아, 소라라면. 계속해서 척척 삼진을 잡아서 시합을 끝내 줄 거야.

그렇게 생각하고 마음 편하게 봤는데, 소라네 팀 아이, 3루를 지키던 아이가 당황했는지 실수했다. 타자는 1루로 달려갔고 세이프였다.

"앗, 동점을 낼 주자가 나갔어."

엄마가 말했다. 그랬는데 이번에는 1루 아이가 실수, 두 번째 주자가 나갔다.

이거 괜찮나? 걱정이 들어 가슴이 두근거렸다.

한편, 우리 주변인 1루 쪽의 응원은 점점 달아올랐다.

"이제 굿바이 주자가 나갔어! 이대로 역전이다!"

"굿바이?"

내가 고개를 갸우뚱하자 엄마가 알려 주었다.

"2점을 내면 상대 팀이 이긴다는 뜻이야."

크, 큰일이네! 나는 파랗게 질렸다.

소라가 크게 심호흡하고 포즈를 잡았다. 그래도 압박감이 상당한지 스트라이크가 나오지 않았다. 볼넷으로 주자가 나가서 만루가 되었다.

다음 타자 때도 볼이 이어졌다.

아웃 하나만 잡으면 되는데! 안타까워서 숨이 답답했다.

"그 실수만 없었어도 괜찮았을 텐데. 투수도 힘들겠군."

할아버지가 안쓰럽다는 듯이 말했다.

결국 스리 볼이다. 스트라이크가 들어가지 않으면 어떻게 되나 싶어 엄마를 봤는데, 엄마는 심각한 표정이었다.

"볼 하나가 더 나오면 볼넷이니까 주자가 나가서 동점이 되고, 안타가 나오면 아마 주자 둘은 들어올 테니까 굿바이 패배야……. 그야말로 대위기야. 소라, 여기에서 잘해 줘야 해."

순식간에 형세가 역전되었다. 나는 새파랗게 질려서 '소라, 힘내.' 하고 기도하는 것처럼 손을 모았다.

주변의 환성이 점점 커졌다.

그와 함께 소라네 팀 아이들의 표정이 점점 굳었다. 움직임도 둔해진 것 같았다.

마운드의 소라가 바닥을 빤히 내려다보았다.

　문득 그 모습이 3학년 이어달리기 때 넘어져서 고개를 숙였던 소라와 겹쳤다.

　"소라, 포기하지 마!"

　무심코 외치자, 공을 던지려던 소라의 어깨에서 힘이 빠졌다. 시선이 여기저기 헤맸다.

　그 눈이 나무 그늘에 있는 나를 봤다. 그런 것 같았다.

　어, 눈이 마주쳤나? 그래도 숨어서 보고 있으니까 그럴 리 없겠지?

바로 그다음, 긴장해서 굳어 있던 소라의 입가가 부드러워졌다. 소라의 눈에는 순식간에 힘이 깃들었다.

이어달리기 때, 벌떡 일어났을 때의 그 얼굴이다. 포기하지 않았다는 얼굴. 내 심장이 크게 두근거렸다.

소라가 뒤를 돌더니 동료에게 말했다.

"힘차게 가자! 만루가 뭐 어때! 투 아웃이야! 이제 아웃 하나면 돼!"

그 목소리에 굳어졌던 팀원들의 얼굴이 순식간에 부드러워졌다.

"가자!"

응원에 지지 않을 정도로 큰 목소리를 내기 시작했다.

그리고.

소라가 팔을 크게 휘둘러 있는 힘껏 포수 미트를 향해 공을 던졌다.

깡! 낭랑한 소리가 났다.

공이 소라의 머리 위로 높이 올라갔다.

"와라!"

하얀 공이 느릿느릿 떨어졌고, 소라의 글러브가 척 받았다.

"스리 아웃! 게임 오버!"

심판이 외치자, 3루 쪽 관객이 "와아아!" 하고 외쳤다.

"해냈다!"

무심코 주먹을 불끈 쥐자, 앞에 앉은 할아버지가 한숨을 쉬었다. 그러더니 나를 돌아보았다.

"꼬마 아가씨 목소리가 투수를 맡은 저 아이에게 들렸나 보구나."

어? 나는 눈을 깜박였다.

아까 소라가 이쪽을 본 것 같았는데…… 내 착각이 아니었나?

놀라는데 할아버지가 허탈하게 웃었다.

"그것만 없었다면 우리 팀이 이겼는데 말이다."

퍼뜩 놀라 주변을 보자, 사람들 모두 할아버지와 똑같은 표정으로 바라보고 있었다. 엄마를 봤는데, 표정이 잔뜩 굳었다.

그렇지! 여기는 상대 팀 응원석이었어! 아아아!

"실례했습니다. 죄송합니다!"

나와 엄마는 잔뜩 몸을 웅크리고 도망치듯이 그 자리를 떠났다.

반 친구들에게 들키지 않으려고 나와 엄마는 그대로 자전거를 타고 집으로 갔다.

보러 가길 잘했다.

소라, 진짜 멋있었어!

야구를 하는 소라와는 또 다른 소라를 상상했다.

야구 모자를 삼각 수건, 유니폼을 앞치마로 바꿨다.

글러브는 볼, 배트는 거품기로 바꾸면.

실험실에서 열심히 반죽을 섞는 소라다.

그 얼굴을 아는 사람은 나뿐이라고 생각하자 참을 수 없이
기뻐졌다.

다음 권 예고

리카

가노 씨! 뭐가 어떻게 된 거예요?

가노 씨

……이제 돌이킬 수 없어.

리카

소라가 부탁했으니까
내가 어떻게든 해야 해!

파티시에가 사라진 플뢰르에 찾아온 큰 위기, 리카가 나선다! 그러나……

한편

리카

이 수수께끼는 대체 어떻게 풀어야 해……

프랑스에서는……

소라

이게 '환상의 디저트'야? 뭐야 이게……?

자꾸자꾸 벌어지는 문제!

멀리 떨어진 콤비의 미래는 어떻게 될까?

리카

우리 둘이라면 '최고'에 도달할 수 있어.

리카의 맛있는 실험실 4
두 사람의 약속과 사과의 비밀

초판 1쇄 2025년 2월 7일
글 | 야마모토 후미
그림 | 나나오(nanao)
옮긴이 | 이소담
펴낸이 | 조영진
펴낸곳 | 고래가숨쉬는도서관
출판등록 | 제406-2006-000090호
주소 | 서울시 서대문구 연희로41다길 13 바우하우스 2층
전화 | 02-6081-9680 팩스 | 0505-115-2680
블로그 | https://blog.naver.com/goraebook
이메일 | goraebook@naver.com
편집 | 이규수 김주영

ISBN 979-11-92817-71-2 74830
      979-11-92817-06-4 74830(세트)

RIKA NO OKASHINA JIKKENSHITSU Vol.4 FUTARI NO YAKUSOKU
TO RINGO NO HIMITSU
©Fumi Yamamoto 2021
©nanao 2021
First published in Japan in 2021 by KADOKAWA CORPORATION,
Tokyo.
Korean translation rights arranged with KADOKAWA
CORPORATION, Tokyo through Shinwon Agency Co., Seoul.

제조국명 : 대한민국 | 제조자명 : 고래가숨쉬는도서관 | 사용 연령 : 10세 이상
＊ KC마크는 이 제품이 공통안전기준에 적합하였음을 의미합니다.